30년차 부부가 떠난 세계여행 이야기

아내와 함께 하는
지구촌 산책

세계 속으로 먼저 한 걸음 내딛어라

30년차 부부가 떠난 세계여행 이야기

아내와 함께 하는
지구촌 산책

세계 속으로 먼저 한 걸음 내딛어라

들ㅣ어ㅣ가ㅣ는ㅣ글

여행은 설렘이다. 새로운 것을 경험하는 것이다. 세상에 태어나 처음 하얀 눈을 보는 아이의 눈 속에는 얼마나 많은 경이로움이 담겨 있을까? 새로운 것을 접하는 것은 그런 경이에서 오는 설렘을 동반한다. 여행은 "어디에 갔다."라고 하는 목적지만을 의미하는 것이 아니다. 계획을 세우고 가는 동안의 여정과 목적지에서의 경험과 여행을 마치고 난 후의 추억까지를 포괄하는 의미다. 인생에 있어 결과도 중요하지만, 과정도 중요한 것과 같은 이치이다. 그런 의미에서 인생도 하나의 여행이라 말할 수 있다.

인생을 살다 보면 전과 후가 선명하게 바뀔 때가 있다. 그것을 통상 변곡점이라 하기도 하고 전환점이라 하기도 한다. 지구란 별에 대해 간접 경험만 하던 나에게 세계여행이라는 직접 경험은 분명 삶의 전환점이 된 것 같다.

인생에 있어 어른으로서 가장 왕성하게 활동할 수 있는 나이를 25세에서 75세라 가정할 때, 그 기간을 50년 정도로 생각할 수 있다. 사람마다 가치 있다고 생각하는 일이 다르겠지만, 나는 어른으로의 활동기 50분의 1인 1년을 투자하여 일상을 벗어나 세계여행을 했다. 여행하며 새로운 것을 마주하고 생각하고 행동하며 삶의 여정을 음미하는 등의 경험은 인생에서 무엇과도 비교할 수 없는 큰 가치가 있는 일이라 생각한다.

30대 중반이던 1995년 은사님을 따라 7명이 미국에 간 적이 있다. 나에겐 처음으로 하는 해외여행이었다. 학회에 참석하고 샌프란시스코와 라스베이거스, 그랜드 캐니언, 스탠퍼드 대학 등 처음 접한 외국은 큰 충격으로 다가왔고, 나에겐 놀라움의 연속이었다. 광활한 그랜드 캐니언과 휘황찬란한 도박의 도시 라스베이거스, 자유와 젊음이 숨 쉬는 스탠퍼드 대학의 캠퍼스는 전에 경험하지 못한 많은 것을 보여 주었다.

우리는 홍콩계 미국인 닥터 팅의 배려로 스탠퍼드 대학 인근에 머무를 수 있었다. 그는 스탠퍼드 대학 아이스하키(샤크)팀의 닥터로 활동하는 동시에 정형외과 병원을 운영하고 있었다. 병원 시스템은 무척 인상적이었다. 병원 건물은 여인숙(Inn)으로 사용되던 건물을 리모델링했고, 우리나라와 달리 어텐딩(Attending) 시스템으로 접수, 외래, 청구를 도맡는 두 명의 비서가 있었다. 수술과 관련된 시설과 병실이 중앙으로 집중되는 진료 운영 방식이 상당히 효율적이라 생각했다. 진료비로만 의료 시설과 수준을 이야기하는 우리나라와는 대비되는 느낌이 들었다. 그리고 '수술 실력만큼은 여느 나라 못지않게 훌륭하지만, 운영시스템은 다소 부족하다.' 라는 생각을 지울 수 없었다.

하루는 닥터 팅의 집에 저녁 식사 초대를 받아 가게 되었는데, 그곳에서 다시 한 번 놀라지 않을 수 없었다. 집으로 들어가는 입구를 지나니 다섯 채의 집이 빌라촌을 형성하고 있었다. 그곳을 지나 5분여를 더 가서야 닥터 팅의 집에 다다를 수 있었다. 가는 길에는 사슴이 뛰어놀았고, 집집마다 커다란 정원과 수영장을 갖추고 있었다. 차량은 6대가 있었고, 집 안에 들어서니 홈 짐(Home Gym) 시설을 갖추고 있었다. '아! 이런 세상도 있구나! 하는 감탄사가 절로 나왔다.

미국 방문을 마치고 돌아와 세계의 많은 나라를 경험하고 싶다고 막연하게 생각했다. 세계여행에 대한 동경이었다. 하지만 병원 개업과 동시에 아이 셋을 키우면서 정신없이 살다 보니 여행이라고는 1년에 한 번 떠나는 패키지여행이 고작이었다. 그래도 아내와 함께하는 여행에서 타국 생활에 대한 정보나 지혜는 조금씩 늘어갔다. 그러다 보니 점점 자신감이 생겼고 더욱 즐거운 여행을 위해 알아가던 중 대한항공에서 진행하는 세계 일주 프로그램을 접하게 되었다. 그러고는 결혼 30주년을 기념하는 뜻으로 항공 마일리지를 모아 세계 일주를 떠나야겠다는 계획을 세우게 된 것이다.

우리는 우리가 누군지에 대해, 그리고 앞으로 남은 인생을 어디서, 어떻게, 어떤 이들과 함께 살아갈지 모른다. 그런 것 하나하나 고민하고 깨달음의 길을 걸어보고자 하는 생각이 들었고 그 시작으로 세계여행을 선택했다. 즉, 여생을 어디서 어떻게 살지를 결정하는데 여행보다 더 적합한 것은 없다고 생각한 것이다. 또한 여행을 하면서 지나온 과거를 돌이켜보고 현재를 객관화하여 바라보며, 살아갈 날들에 대해 고민도 해보고 싶었다.

세계여행을 떠나기 전 아내와 함께 여행 중에 이루고 싶은 버킷리스트를 먼저 작성했다.

우리는 누구이며, 삶의 방향과 속도를 말해 줄 아내와 나의 버킷리스트

하나, 나의 Bucket List

1. 비틀즈 애비로드(The Beatles Abbey Road Studio)

2. 센트럴파크에서의 낮잠(NewYork Central Park Nap)

3. 잉카에서 뛰어보기(Inca Empire)

4. 말굽 협곡(USA, State of Arizona, Horseshoe Bend)

5. 시베리아 횡단 열차 바이칼호(Lake Baikal)

6. 오로라(Aurora)

7. 나스카(Peru, Nasca)

8. 우유니 사막(Bolivia, Salar de Uyuni)

9. 3대 폭포(Niagara Falls, Iguazu Falls, Victoria Falls)

10. 북유럽 도깨비 혀 절벽(Norway, Trolltunga)

둘, 아내의 Bucket List

1. 오로라(Aurora) 보기

2. 예수상, 이구아수 폭포(Brazil Rio de Janeiro Christ the Redeemer, Iguazu Falls)

3. 잉카 마추픽추(Machu Picchu)

4. 우유니 사막(Salar de Uyuni)

5. 이집트 스핑크스 & 피라미드(Sphinx & Pyramid)

6. 아프리카 케냐 야생동물(Serengeti)

7. 그랜드 캐니언 & 옐로스톤 & 요세미티 국립공원 내에서 숙식하기

　(Grand Canyon & Yellowstone & Yosemite)

8. 마터호른(Switzerland, Matterhorn)

9. 서유럽 순례길(El Camino de Santiago)

10. 영국 어학연수(Language Training)

　이렇게 버킷리스트를 작성하고 여정에 도움이 될 만한 관련 서적도 샀다. 여느 때와 같이 진료실에서 진료를 하며, 동시에 여행에 도움이 될 수영 강습과 영어 회화 공부를 꾸준히 병행했다. 또한 병원 진료에 있어 대진의(대신 진료할 의사) 모집을 위해 이곳저곳 알아보며, 내가 빠져 발생되는 진료 공백을 최소화하려 했고, 좋은 결과를 얻을 수 있었다. 그런 후 철저하게 계획을 세우고 준비했다.

오랜 시간 계획과 준비 끝에 깔끔한 정장 한 벌과 구두, 전자시계와 DSLR 카메라(비록 무거워서 두고 간 준비물), 3대의 휴대전화와 운동화 등 다소 가벼운 짐을 꾸리기 시작했고 기나긴 세계여행의 첫 목적지로 독일을 선택했다.

여행을 마치고 진료실 정상화와 생활 주변의 적응 등 바쁜 생활로 지내오다(특별히 기록물을 작성할 계획 없이 지내던 중) 자주 과거 여행지의 좋은 추억이 오버랩되어 시간과 장소가 뒤섞이게 되었다. 그러다 구글에 타임라인의 기능이 있다는 것을 알게 되었다. 훗날의 추억을 만들기 위해서라도 책으로 기록을 남겨야겠다는 생각을 갖게 되었다.

- 2022년 8월

추 | 천 | 사

《아내와 함께 하는 지구촌 산책》의 저자 주영길 선생을 전공의 시절에 가르친 정형외과 의사입니다. 나는 우리나라가 해외여행 자유화가 된 1988년 이후에 외국 학회 참석이나 단기 및 장기 해외 연수 등으로 외국에서 많은 시간을 보낸 경험이 있습니다. 게다가 역마살이 낀 탓에 배낭을 메고 여기저기 돌아다니는 것을 좋아하니 틈만 나면 국내 여행과 해외 여행을 해왔습니다. 하지만 길어야 1~2주일을 넘기지 못했는데, 어느 날 주영길 선생이 1년간 병원 문을 닫고 세계 일주를 떠난다는 말을 듣고 그 용기와 여유로움에 놀라움을 금치 못하였습니다.

병원 개업을 하고 있는 의사가 잘되고 있는 병원을 1년간 문을 닫고 부인과 같이 세계 일주 여행을 하겠다는 것은, 동료 의사들과 주변 사람들에게는 "뭐가 병원에 잘못된 일이 있나?"라는 의심에서부터 "좀 무리하는 것 아냐?" "제정신이야?" "너무 무모한 것 아냐?" 등의 부정적인 생각을 가지게 하면서도 "용기 내서 나도 해보고 싶다."라는 부러움을 가지게 한 사건이었습니다.

전문의가 되려면 6년간의 의과대학 졸업 후에 1년간의 인턴 과정, 4년간의 전공의 과정 그리고 3년간의 군의관 기간을 거쳐야 합니다. 요새는 1~2년간의 전임의 과정도 추가하여 수련을 더 합니다. 18살에 의과대학에 입문하여 35세까지는 자기 자신이 마음대로 할 수 있는 시간이 전혀 없다는 얘기와 다름없습니다. 일단 전문의가 되고 나면 가정을 위한 본격적인 경제 활동을 하여야 하므로 시간적 여유가 많지 않습니다. 단기간의 휴가 성 외국 여행은 할 수 있겠지만, 장기간의 외국 여행을 계획하는 것은 보통 65세 정년 이후로 미루게 됩니다. 65세 이후에 세계를 여행하면서 경험하고 공부하는 것이 즐겁고 유익하지 않은 것은 아니나, 젊은 날에 경험하는 것이 중년의 생활에 보다 더 유익할 것이며 삶을 풍요롭게 할 것임은 자명합니다.

주영길 선생이 2017년 6월에 세계 일주 여행을 시작했으니 그때가 그의 나이 만 57세입니다. 전문의 취득 후 3년 정도 병원에서 봉직하였고 개업한 후에는 울산에서 한눈팔지 않고 20여 년을 열심히 일해서 세계 일주 여행을 할 수 있는 경제력을 가지게 되었습니다. 또한, 병원 진료를 1년간 쉬어도 다시 돌아오기를 기다려주는 충성스러운 환자 고객들을 가지고 있으니, 성실함과 신뢰도 그리고 친화력이 엄청난 의사라 할 수 있습니다.

게다가 여행을 다녀온 것에 그치지 않고 그 경험을 책으로 기록하여 남기는 주영길 선생의 뜻이 너무 옳고 좋음에 많은 응원을 보냅니다. 책이 두루두루 읽혀서 우리나라 젊은 사람이 보다 큰 뜻을 가지면 좋겠습니다. 주영길 선생과 같이 동문수학했던 의사들이 나한테 했던 말이 생각이 납니다.

"주영길 선생이 하는 것을 보면 좀 독특하고 튀는 게 신 과장님을 많이 닮았습니다."

그 말을 듣고

"나를 놀리는 거야? 칭찬하는 거야?"

라고 했었는데, 이 글을 쓰면서 생각하니 그것은 칭찬이었습니다. 자기가 가야 할 길을

생각하고 실행해 가는 자세가 대단하다고 생각합니다. 앞으로도 무한히 발전할 것을 믿어

의심치 않습니다.

- 의료법인 신창의료재단 이사장 신 동 배

차 | 례

들어가는 말 ●4

추천사 ●12

차례 ●16

제1장_ 유럽(Europe) ●20

* 세계여행 시작을 독일에서 ●21

* 여행은 즐거운 고행(독일) ●27

* 역사와 문화가 살아 숨 쉬는 이탈리아 ●35

* 프랑스 남부 지중해에서 낭만을 ●52

* 다시 이탈리아로-파도바 주인 부부를 만나다 ●66

* 슬로베니아의 프레드야마 성과 류블랴나 야시장 ●68

* 크로아티아 자다르의 바다 오르간 ●72

* 포탄 흔적이 남은 보스니아 ●73

* 몬테네그로의 교통 암행 단속 ●76

* 10점 만점의 10점 여행 세르비아 ●78

*헝가리에서 외친 인생 파이팅 ●80

*오스트리아 비엔나에서 주차 경고장 ●86

*체코 하면 맥주라 했던가? ●89

*체코에서 독일로 가는 험난한 여정 ●91

*다시 독일에서 ●93

*풍차의 나라 네덜란드 ●101

*벨기에 브뤼셀 ●107

*프랑스 북부 칼레 항구 난민 ●110

*해가 지지 않는 나라 영국-아내의 어학연수 ●112

*영국에서 보낸 혼자만의 힐링 타임 ●118

*다시 아내와 함께 영국 둘러보기 ●123

*웨일즈와 스코틀랜드 ●129

제2장_북아메리카(North America) ●134
*솔트레이크시티에서 미국 여행 시작 ●135

* 애리조나주를 달리며 ● 140

* 네바다주 요세미티 국립공원에서 ● 144

* 캘리포니아 샌타바버라와 샌디에이고 ● 147

* 밴쿠버를 시작으로 캐나다 여행 ● 149

* 캐나다 패키지여행 ● 156

* 다시 미국으로 ● 166

* 누님 댁에 숙박하며 여유롭게 뉴욕 둘러보기 ● 175

* 플로리다주 마이애미로 ● 181

* 쿠바에서 살사 댄스를 ● 184

제3장_ 남아메리카(South America) ● 194

* 남미 패키지여행 ● 195

* 나스카 문양 ● 198

* 페루의 잉카문명 마추픽추 ● 200

* 아르헨티나 부에노스아이레스 ● 208

* 브라질 포스두이구아수 ● 213

* 브라질 예수상 ● 217

* 말레이시아로 가기 위한 미국 애틀랜타행 ● 224

제4장_ 동아시아(East Asia) ● 228

* 타이완을 경유하여 ● 229

* 한국인이라는 자부심을 느낀 말레이시아 ● 230

* 섬나라 싱가포르 ● 241

* 가족과 함께 코타키나발루 여행 ● 247

* 어머니와 큰 누님과 함께한 여행 ● 254

* 골프 수업으로 여유를 ● 259

* 갑작스러운 부상 ● 261

* 목발 짚고 브루나이행 ● 270

마치는 글 ● 276

제1장 유럽

Europe

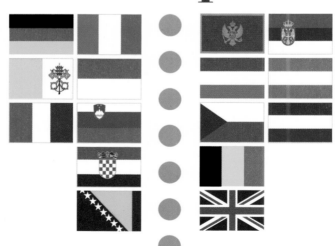

* 세계여행 시작을 독일에서

인천국제공항 (Incheon International Airport) → 프랑크푸르트 (Frankfurt am Main) →
하이델베르크(Heidelberg) → 베를린(Berlin) → 드레스덴(Dresden) → 뮌헨(Munchen)
(2017년 6월 19일 ~ 6월 24일)

첫 흥분과 오르내리막길 - 프랑크푸르트

2017년 6월 19일 결혼 30주년 기념으로
아내와 함께 세계여행을 떠났다. 첫 여행지
는 독일의 프랑크푸르트. 여행에 대한 흥분
과 설렘으로 아내와 나의 얼굴에 웃음꽃이
피었다. 그래도 최대한 차분해지려 노력했
다. 인천국제공항 라운지에서 간단하게 요
기한 후 독일행 비행기에 올랐다. 미리 프
레스티지 좌석을 예약했기에 편안하게 여
행을 시작할 수 있었다. 11시간 30분에 걸
친 긴 비행을 마치고 비행기는 프랑크푸르
트 암 마인 국제공항에 도착했다.

인천공항에서 세계 일주 첫걸음

우리에게는 독일 프로축구 분데스리가
아인라흐트 프랑크푸르트의 레전드 선수인 '차붐'으로 잘 알려진 도시이

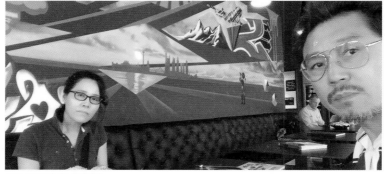

다. 저녁 무렵 공항에 도착해 예약해 둔 공항 인근 목시 호텔(Moxy Hotel)에 짐을 풀었다. 도착시간이 오후 7시 정도라 인근 시티텔을 예약했는데,

세계 일주의 첫 여정표

3km를 예상하고 캐리어 2개를 각각 끌고 도착하니 어느덧 시간이 40여 분이나 걸렸다. 그래도 하나 힘든 것이 없었으며 한껏 부푼 풍선을 탄 기분이었다. 또한 호텔 식당에서의 번잡함과 각국 여행객들의 소음도 음악 소리처럼 아름답게 들렸다. 간단한 요기와 시원한 생맥주를 마시며 아내와 여행 기분을 마음껏 느끼고 숙소에 들어갔다.

다음 날 아침, 앞으로의 여정을 이야기하며 기대에 부풀었는데 갑자기 문제가 생겼다. 여행을 떠나기 전 울산에서 구입한 휴대전화의 유심(Usim)카드가 작동되지 않아 Wi-Fi 연결이 되지 않았다. 다음 날 우리가 묵을 Airbnb 숙소에 연락해야 하는데 통화가 되지 않으니, 난감했다. Wi-

Moxy Hotel 내 레스토랑에서

Fi가 되는 카페를 찾아 들어가 전화를 했지만, 통화는 쉽게 되지 않았다. 불안해하며 2시간 넘게 통화를 시도한 후에야 호스트와 전화 연결이 되었다.

그런데 다음 날 또 한 번 문제가 발생했다. 서로 간의 서툰 영어 대화 탓으로 전화로 알려준, 집 앞 자전거 옆에 있다는 열쇠 보관함을 찾지 못한 것이다. 문을 열고 들어가기 위해서는 주인을 하염없이 기다릴 수밖에 없었다. 답답했지만 어쩔 도리가 없어 우리는 다시 근처 카페로 이동해 음료를 마시며 기다렸다. 1시간 후

첫날 일정의 구글맵 타임라인 기록

드디어 주인이 도착했고, 어렵게 문을 열고 들어갔다.

우리를 기다린 숙소는 5층이었다. 그런데 엘리베이터가 없어 순간 당황했다. 할 수 없이 23kg과 21kg짜리 가방 두 개를 각각 들고 백팩을 멘 채로 좁은 계단을 올랐다. 문득 이번 세계 일주가 순탄하지만은 않을 거란 예감이 들었다.

처음 이용한 독일의 Airbnb는 동유럽보다는 가격 대비 비싼 편(2박 172,752원)이었으나, '슈퍼호스트'로 등록돼서 그런지 주인아주머니의 친절한 안내는 상당히 인상적이었다. 우리에게 도시를 소개하고 지도를

구글 지도로 처음으로 찾아가 본 독일의 맥줏집/처음 페이스북에 올렸던 사진

주면서 즐겁고 편안한 여행이 되었으면 한다는 말도 해주었다.

추천할 만한 호프집이 있는지 물어보고 안내받아 처음으로 현지 유심 카드를 장착한 휴대폰으로 구글맵을 사용하여 이동했다. 본격적인 여행 이 시작됨을 의미했다. 무엇을 타고, 무엇을 먹으며, 어디서 잠을 자야 하 는지 등 수없이 많은 일을 이제 오롯이 우리 부부 스스로 해결해야 한다. 흔히 말하는 자유여행의 시작이다.

비교적 정보와 친숙한 소수의 젊은 사람을 제외하고, 많은 사람이 낯선 외국으로 자유여행을 떠나는 것에 대해 막연한 두려움을 갖는다. 하지만 내가 자유여행에 대해 남다른 자신감을 가지게 된 것은 예전 스페인 여행 중 구글 지도(Google Map)를 알게 된 덕분이다. 2012년 패키지여행 중 스페인의 한 도시에서 어떤 레스토랑을 찾고 있었다. 언어도 통하지 않고 지리도 몰라 우왕좌왕하고 있는데, 마침 주위를 지나가던 한국 학생이 구 글 지도를 통해 우리가 갈 길을 알려주었다. 내비게이션 화면을 보여 주는데, 도보로 7분 걸리는 곳에 그 레스토랑이 있었으며, 가는 길까지 자세히 표시되어 있었다. 나에겐 아주 신기한 경험이었다. 의사라는 신분으로 진료실이라는 좁은 공간에 갇혀 생활했기에, 낯선 곳은 먼저 두려움이 앞섰다. 그런데 '구글맵'이라는 존재는 나에게 자신감을 주었고, 진료실을 벗어나 세계로 향하는 발걸음을 가볍게 내딛게 도와주었다.

편안한 옷차림으로 여권 사본과 약간의 현금, 신용카드를 조그만 지갑에 넣고 숙소를 나섰다. 아내와 골목길을 잠시 걷는데 거리 풍경이 너무 좋아 상쾌하고 즐거웠다. 또한 전화 통화가 되고 구글맵이 작동하며, 다른 한 손에는 호스트가 전해 준 지도까지 있으니, 천군만마를 가진 듯한 기분이 들었다. 가는 도중 지하철을 이용해 하우프트바헤(Hauptwache) 역에 내려 2차 세계대전 후 복원한 괴테의 생가를 지나서 우리의 목적지인 생맥줏집으로 향했다.

처음이라 구글맵의 안내가 조금은 익숙하지 않아 돌아 돌아 맥주 가게를 찾아 도착하긴 했지만, 인기 있는 호프집이었는지 오후 4시였음에도 가게 내부는 시끌벅적하고 빈자리가 보이지 않게 많은 사람으로 가득했다. 우리는 외부에 임시로 마련해 준 야외 테이블에 앉아 시원한 맥주를 마실 수 있었다. 시원한 맥주와 분주한 가게 분위기를 사진에 담고 여정을 기록할 요량으로 페이스북에 지금의 느낌을 처음이자 마지막으로 올렸다. 처음엔 여행의 순간순간을 최대한 페이스북을 통해 업로드할 계획이었다. 하지만 하루 여행을 마치고 숙소에 돌아와 노트북을 열어 일과를 정리한 후 다음 여행지로의 이동과 숙소 예약 등 생각보다 많은 일을 처리해야 했기에 피곤함을 핑계로 향후 페이스북 업로드는 하지 못했다.

호프집에서 사진을 업로드한 후 우리는 더 바랄 것 없이 청량했던 맥주를 뒤로하고 숙소 근처에서 저녁 식사를 하기 위해 맛집을 찾아 이동했다. 식사 후 산책을 즐기면서 살펴본 주변에는 생각보다 여행객이 많았고, 동양 음식점도 드문드문 눈에 띄었다. 한편 여행 전에는 독일인의 성향이 무뚝뚝하고 융통성이 없는 것으로 생각했는데, 실제 거리를 거닐며 본 모습은 생각보다는 상냥하고 친절했다.

저녁 식사 후 숙소로 돌아오는 길에 완전히 노숙인은 아니지만, 허름한 복장의 노인이 벤치에 앉아 술을 마시며 담배를 피우고 있었다. 그곳을 지나는 젊은이들이 그 노인과 시비가 붙었다. 그 옆을 지나며 산책을 즐기던 노부부 역시도 젊은이들 편을 들며 실랑이를 이어갔다. 음주나 흡연과 관련하여 다툼이 일어난 것 같았다.

나라마다 공공장소에서 음주를 허용하는 정도가 상당 부분 다르다. 이슬람 국가인 브루나이에서는 집안을 제외하고는 음주할 수 없다. 캐나다의 경우 주마다 음주 허용 여부와 벌금 등이 다르지만, 퀘벡주는 공공장소에서 음주를 허용하는 편이다. 독일은 거리나 공원에서 음주가 어느 정도 허용되지만. 기차와 버스에서는 제한하고 있다. 스코틀랜드는 지정된 야외에서는 술을 마실 수 있다. 훗날 에덴버러 역 야외 호프집에서 맥주를 마신 기억이 있는데, 그날의 분위기와 맛과 멋이 정말 좋았던 게 아직도

프랑크푸르트 숙소 앞 지하철 입구

생각난다.

　이렇게 세계여행의 첫발을 내디뎠다. 처음에 약간의 혼선을 빚기도 했지만, 그것이 시작을 더 리듬감 있게 만들어 주었다.

*여행은 즐거운 고행(독일)

철학자의 길-하이델베르크

　여행은 어떤 의미에서 보면 고행이다. 집 떠나면 고생이라는 말도 있다. 하지만 떠나보면 안다. 여행은 얼마나 행복한 고행인지. 6월 19일 인천국제공항을 출발하여 프랑크푸르트를 여행하고 난 뒤, 6월 21일부터 24일까지 4일간 독일의 여러 곳을 방문했다. 살아오는 동안 학교에서 교과서를 통해 독일을 배웠고, 뉴스와 독일을 다녀온 지인을 통해 접했으며, 책을 통해 알았다. 이런 것들은 독일을 간접 경험한 것을 의미한다. 그렇지만 이번 독일 여행은 직접 피부로 생동감 있게 독일을 느끼게 해주었다.

코끝으로 느끼는 공기와 지나가는 자동차와 스치는 사람과 맥주와 음식과 호텔에서의 숙박과 역사의 현장에서 느끼는 감흥과 그 모든 것이 살아있는 날것으로의 독일을 생생하게 경험하게 해주었다.

첫 시작이 좋아서일까, 편안했던 잠을 깨고 일어나 또 다른 한 걸음을 시작했다. 아름다운 옛 성으로 유명한 하이델베르크(Heidelberg)로 이동하기 위해 우리는 간편한 복장으로 숙소를 나섰다. 오래된 고성이 많아 영화 속에서나 보던 중세 시대를 느낄 수 있을 것 같은 기대감으로 제일 먼저 하이델베르크 성(Heidelberger Schloss)을 찾았다. 이 성은 1225년 축조된 이래 증축을 거듭하였으며, 독일 낭만주의를 대표하는 건축물이자 하이델베르크를 대표하는 성이다. 성의 지하에는 1751년에 만들어진 높

하이델베르크 성에서

하이델베르크 성에서 내려다본 붉은 지붕의 시내 풍경

이 8m의 거대한 술통이 있다고 한다. 지금도 와인을 팔고 있다. 이번 세계여행에서 기회가 있을 때마다 와인과 맥주 등을 마셨는데, 술은 여행에 윤활유 역할을 해주었다.

다음으로 '철학자의 길(Philosophenweg)'을 산책했다. 조용한 담벼락 길을 걷다 보니 한양 성곽의 동대문인 흥인지문을 거니는 기분이 잠시 들었다. 안식년 기념으로 여행을 떠나는 비행기 안에서

"철학자의 길에 가서 많은 생각을 해보자."

라고 이야기했기에 이곳을 찾게 된 것이다. 헤겔, 니체, 칸트가 걸었다

철학자의 길

는 철학자의 길을 걸으며 나도 철학자가 된 것인 양 여행의 의미에 대해 생각했다. '어떤 여행이 가장 가치 있는 여행인가?' 하는 것은 누구와 함께하는 여행인가로 결정된다는 말이 있다. 결혼한 지 30년이 되는 기념으로 떠난 세계여행. 내 인생의 중요한 순간을 함께한 아내가 나에겐 가장 중요한 사람이다. 그런 사람과 세계여행을 하며 같은 곳을 걷고, 같은 음식을 먹고 함께 이야기했다.

"어떤 여행이 가장 가치 있는 여행인가?"

라고 나에게 묻는다면, 아내와 함께한 세계여행이 나에겐 가장 가치 있는 여행이라 말하고 싶다.

수도승이 고행하는 이유는 깨달음을 얻기 위해서다. 여행이 고행이라고 했다. 그렇지만 아내와 함께했기에 고행이지만, 즐거운 고행이라고 생각한다.

철학자의 길을 나와 성당과 교회 등을 차례로 관람했다. 하이델베르크에서 가장 오래된 건축물로 꼽히며 한때는 시청 건물로, 현재는 호텔로 사용되고 있는 '기사의 집(Haus zum Ritter)'을 방문하며 하루를 마쳤다.

분단의 상징 베를린

다음 날 독일의 수도이자 아픈 역사를 가진 베를린으로 향했다. 소련의 공산주의 체제 붕괴로 독일이 통일된 1989년, 베를린장벽은 브란덴부르크 문을 중심으로 일부만 기념으로 남아 있다. 그것을 보며 인종과 종교, 이념의 장벽이 모두 허물어졌으면 좋겠다고 생각했다.

독일은 2차 대전을 일으켜 많은 나라를 힘들게 하고, 많은 사람을 죽게 한 패전국이다. 그것이 원인이 되어 분단국이 되었다. 하지만 우리나라는 전쟁을 일으키지도 않았고, 일제의 침탈을 겪은 피해국이다. 강대국의 이해 논리로 원하지도 않은 분단이 되어 한국전쟁이 일어나는 등 불행한 일을 겪었다.

독일은 분단 상태에서 서로 전쟁을 일으키지도 않았으며, 결국 통일

베를린 장벽에서

을 이루었다. 하지만 우리나라는 여전히 종전이 아닌 휴전 상태로 서로 총부리를 겨누고 있다.

베를린장벽에 있는 전시관을 둘러보며 우리나라도 하루빨리 통일이 되었으면 하는 생각이 간절했고, 장벽 위에 올라 환호하던 독일인의 희망 가득한 표정이 순간 오버랩되었다.

베를린장벽을 뒤로하고 강변에 사는 사람들이라는 어원을 가지고 있는 드레스덴으로 가기 위해 버스에 올랐다. 크게 기대하지 않았던 Airbnb는 꽤 많은 양의 빵과 소시지, 커피 등을 준비해 우리를 반겨 주었고, 숙소 호스트의 친절한 안내를 받으며 휴식을 취했다.

동/서베를린 경계 부근

뮌헨에서의 물갈이

맛있는 아침을 먹은 후 간편한 복장으로 길을 나섰다. 뮌헨은 독일의 경제, 문화 중심지답게 사람들은 자유롭고 활기차 보였다. 시내 중심인 마리엔 광장에 있는 뮌헨 신 시청사(Neues Rathaus) 건물을 관람하는데 뜻밖의 사건과 마주하게 되었다. 물갈이와 낯선 환경에 대한 스트레스로 인해 갑자기 배가 아프더니 설사가 시작되었다. 급하게 화장실로 향했고,

뮌헨의 마리엔 광장에서

가져간 상비약을 먹은 뒤 조금 진정되었다. 여행 중에 건강이 얼마나 중요한지 새삼 느꼈다.

여행 중에 발생한 이런 예기치 못한 사건이 여행을 마친 후에 오래도록 기억에 남는다. 그런 이유로 작은 어려움도 당시엔 힘들지라도 꼭 나쁜 경험만은 아니다. 인생사도 마찬가지다. 굴곡이 없는 인생은 없으며, 힘든 상황을 겪더라도 그것이 꼭 나쁜 것을 의미하지는 않는다는 생각이 들었다.

뮌헨은 매년 9월에서 10월까지 세계적인 맥주 축제인 옥토버페스트가 성대하게 열리는 도시다. 그래서인지 설사를 하는 와중에도 시원한 맥주 한 모금이 어찌나 생각나던지, 아픈 배를 부여잡고 우리는 서로를 보며 깔깔거렸다. 평소도 마찬가지지만 여행 중 건강이 얼마나 중요한 것인지 새삼 느낀다.

유명하다는 학켄과 브로이 생맥주

호프 브로이하우스 입구

맥줏집 앞의 분장한 퍼포머와 악수

　우리 부부는 2015년 동유럽을 여행한 적이 있다. 그때의 여행 중 소중한 인연이 된 대학교수 부부가 있었는데, 우리의 세계 일주를 특별히 응원해 주겠다고 했다. 교수 부부의 휴가 기간을 조율해 이탈리아에서 패키지여행을 함께 하기로 약속했다. 이번 여행에 재미있는 활력소가 될 것으로 생각한다. 여행 도중 짬짬이 시간 내어 한국의 여행사와 연락해 비행기 비용을 제외한 패키지 투어 금액과 미팅 장소 등을 조율했다. 그리고 이후 이어질 프랑스 니스로 이동하는 일정과 숙소 예약으로 바쁜 시간을 보냈지만 즐거운 노력이라 생각했다.

　여행을 시작하고 며칠 동안은 하루하루 일정이 너무 바쁘게 흘러갔다.

블로거들이 이야기하는 명소와 맛집 방문, 인터넷으로 숙소 예약을 알아보느라 눈코 뜰 새 없이 바빴다. 아내와 나는 세계여행 중 유명한 곳은 하나도 빠뜨리지 않고 둘러봐야 하며, 사진을 찍어 추억으로 남겨야 한다고 여행을 떠나기 전부터 말했다. 하지만 우리가 찾아간 곳은 낮에 보는 것이 다르고, 밤에 보는 것이 다르며, 여름과 겨울의 풍경이 각각 다르다. 경유했던 곳의 상황에 따라 그곳의 뉘앙스가 다른 기억으로 남았다. 그렇기에 여행을 떠나기 전의 유명한 곳을 하나도 빠뜨리지 않고 둘러보겠다는 생각이 현실과는 맞지 않는다는 것을 깨달았다.

"이것은 여행이 아니라 이사 다니는 듯한 고행이야."

그래서 아내와 상의했다. 라르고(아주 느리게, '폭넓고 풍부한 표정으로' 라는 뜻)를 실행하기로 했다. 우리 부부는 세계여행을 다닌다고 다녔지만, 세계의 천만분의 일도 못 보고 지나친 것일 뿐이라는 생각이 들었다.

* 역사와 문화가 살아 숨 쉬는 이탈리아

로마(Roma) 오르비에토(Orvieto) 피렌체(Firenze) 친퀘 테레(Cinque Terre)
폼페이(Pompeii) 나폴리(Napoli) 다시 로마(Roma) 바티칸 시국(Status Civitatis Vaticanæ)
(2017년 6월 25일 ~7월 2일)

이탈리아 패키지여행 시작

9일간의 독일 여행을 마치고 6월 25일 이탈리아 로마로 가기 위해 뮌헨 국제공항으로 갔다. 출발 준비를 하던 중 한국에서 가져온 포장김치 6개가 남아 있는 것을 알게 되었다. 로마로 가는 비행기를 타기 위해서는 아깝지만 그것을 버려야 했다. 포장김치를 꺼내 보니, 더운 날씨로 인해 김치가 담긴 비닐은 풍선 모양으로 부풀어 있었다. 아내에게 버릴 것을 부탁하고 나는 티켓팅을 하러 갔다. 돌아와서 맥도날드 커피를 마시면서 앞으로 가게 될 니스에 대해 아내와 이야기를 나누었다. 그러던 중 2016년 니스에서 일어난 테러에 관한 이야기가 나왔다. 순간, 김치가 담긴 부풀어 있는 비닐이 터진다면 폭탄으로 오해받을 소지가 있겠다는 생각이 머리를 스쳤다.

"아까 김치 처리하라고 했는데 어떻게 했지요?"
"화장실에 있는 쓰레기통에 버렸어요."

그 말을 듣고 부랴부랴 화장실로 가서 휴지통을 보니 김치가 담긴 비닐은 복어 배처럼 **빵빵**해져 있었다. 비닐이 '퍽퍽' 하고 소리를 내며 터진다면 테러범으로 몰리는 것은 아닌지 하는 불안감이 밀려왔다. 그래서 볼펜으로 복어 배가 된 비닐을 찔러 하나씩 터뜨렸다. 냄새가 진동하며 김칫국물이 옷에 튀었다. 옷에 묻은 것을 씻어내니 "휴~" 하는 안도의 한숨이 나왔다.

그런 우리만의 작은 소란을 겪은 후 비행기에 올라 이탈리아 레오나르도다빈치 국제공항(Leonardo da Vinci-Fiumicino Airport)에 도착했다. 사전에 '노랑풍선'을 통해 왕복 비행기표 값을 제하고 소정의 수수료를 더한 비용으로 패키지여행에 합류하기로 계약을 해둔 상태였다. 공항에서 교수 부부와 한국에서 도착한 패키지여행을 함께할 일행과 합류하여 이탈리아 패키지여행을 시작했다. 현지 여행사 가이드를 통해 여행경비를 지급하고 6박 7일 동안 나름의 편한 일정을 소화했다.

패키지여행의 장점은 다음 날 행선지 이동 계획과 숙소 등을 고민할 필요가 없다는 것이다. 또한 이 여행은 우리의 기나긴 여정에 잠시 쉬어가는 쉼표를 찍는다는 의미로 여겨졌다. 오랜만에 교수 부부를 만나 함께 여행할 수 있어 더없이 즐거운 이탈리아 여행이 될 거라 기대했다. 이제부터 당분간은 패키지여행의 단점인 새벽잠에서 깨어 이른 아침을 먹고 이동하는 차 안에서 부족한 잠을 잘 것이다. 또 명소 도착과 동시에 기념 촬영을 하고 다시 짐을 싸고 풀면서 피곤한 몸을 차량에 맡기는 과정을 반복하겠지만, 이 또한 여행이지 않은가?

중세의 느낌 피렌체

정해진 숙소에서 편안하게 휴식을 마치고 첫 일정을 이탈리아 중부 움브리아 지방, 언덕 위의 도시로 알려진 오르비에토의 오르비에토 대성당

(Duomo di Orvieto)으로 향했다. 이탈리아 고딕 양식의 대표적인 건축물로 두오모의 어마어마한 규모도 규모지만, 건물 정면을 칭하는 파사드(fasade)는 가히 압도적이었다.

우리 가족은 수년 전 피렌체의 정치적, 경제적 지배력을 상징하던 피렌체 두오모를 방문한 적이 있다. 하얀 대리석 파사드와 돔이 유명한 오르비에토 대성당을 관광하던 중에 3년 전 그때가 문득 생각이 났다.

피렌체는 이탈리아에서도 가죽(송아지, 악어, 뱀 등) 공장으로 유명했다. 당시 큰딸이 가죽 공방을 운영하고 있었기에 제품에 대한 정보를 알아보려고 이곳저곳을 둘러보았다. 그런데 수제 가죽 가게를 찾아 미로 같은 곳을 헤매다 길을 잃었고, 그때 고생했던 기억이 생생하게 떠올랐다.

대성당 건물 외부의 수많은 모자이크와 화려한 색상은 너무 아름다웠고, 내부에 들어서니 엄숙한 분위기 속에서도 눈이 부실 정도로 다양한 천정의 그림은 황홀할 지경이었다.

관광을 끝내고 아내와 함께 지인에게 줄 선물을 사러 근처 마트에 갔다. 유명한 발사믹 식초와 올리브유, 마비스 치약 등을 구입하고 싶었지만, 남아 있는 제품이 별로 없었다.

"내 생각에는 중국 관광객들이 이미 상점을 다녀가서
상품이 없는 거 같아!"
"그러게 잘 안 보이네."

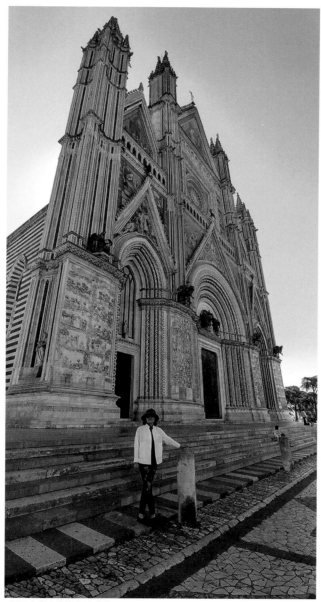

오르비에토 대성당 앞에서

사실 나는 기념품을 사는 것이 내심 싫었다. 짐이 늘어나면 여행에 부담이 되기 때문이다. 나는 그만 돌아가자고 재촉했고, 아내는 무척이나 아쉬워하며 발걸음을 돌렸다. 쇼핑을 못 해 속상해하는 아내에게 조금 무심했나 하고 생각했지만, 이후 알고 보니 교수 부부를 통해 원했던 기념품을 일부 사서 항공 택배를 이용해 집으로 보냈다고 한다. 이런…. 이렇게 첫날 관광을 마무리하고 숙소로 복귀했다.

차량 이동 중 많은 잠을 잤던지 컨디션이 좋아 저녁 식사 후 숙소 근처에 있는 근사한 해산물 레스토랑을 찾았다. 확실히 물가는 독일보다 저렴했다. 젊은 요리사가 추천해 준 해물 요리와 와인을 주문하여 맛있게 먹었다. 요리를 먹으면서 서울에서 지냈던 이야기와 여행 시작 전 준비 과정, 또 버킷리스트 계획, 그리고 지금까지의 일정에서 크고 작은 에피소드 등 다양한 이야기를 주제로 수다를 떨다 보니 어느덧 시곗바늘이 밤 11시를 향해 가고 있었다. 다음 날의 투어를 위해 서둘러 자리에서 일어나 숙소를 향하는데, 유난히 밤공기가 상쾌했다.

둘째 날 아침. 트램을 타고 피렌체에 있는 베키오 다리(Ponte Vecchio)로 갔다. 전쟁이 일어났을 때도 유일하게 파괴되지 않은 다리였기에 중세의 느낌이 물씬 풍겼다.

시뇨리아 광장에서

이탈리아에서 가장 오래된 카페 플로시안

베키오라는 뜻은 이탈리아어로 오래되었다는 뜻이라고 한다. 이후 예술 작품이 즐비한 시뇨리아 광장(Piazza della Signoria)을 관광하고 베니스를 향해 북쪽으로 이동했다.

베니스의 완행과 급행

수상택시를 타고 물의 도시 베니스에 도착했는데, 속도가 너무 빨라 정신이 없었다. 하지만 곤돌라를 타고는 여유롭게 투어를 즐겼다. 빠른 속도의 수상택시와 느리기만 한 곤돌라는 베니스의 두 가지 속도 반전의 매력이었다. 곤돌라는 '흔들리는' 이라는 의미로, 옛날 귀족들이 자신의 부를 과시하는 수단으로 여겼다고 한다. 현대로 치면 수억 원대의 스포츠카나 최고급 세단과 같을 것이다.

이후 우리 패키지 일행은 두칼레궁전(Palazzo Ducale)과 산마르코 광장(Piazza San Marco)을 차례로 다녔다.

베니스 곤돌라(완행)

베니스 수상택시(급행)

친퀘 테레의 노래

피렌체에서 북쪽으로 두 시간을 달렸다. 정식 명칭은 아니지만, 절벽과 바위로 이루어진 해안에 다섯 마을로 구성된 친퀘 테레 (Cinque Terre)에 도착했다. 이곳 대부분은 국립공원의 일부이며 유네스코 세계 문화유산이다. 고개를 들면 파스텔로 색칠한 듯한 집들이 있었고, 고개를 숙이면 아래로 푸른빛의 바다가 보였는데, 숨이 막히게 황홀하다는 표현은 이때 사용하라고 생긴 듯했다. 패키지여행 가이드가 안내해 준 유명하다는 깔

깔라마리와 엔초비 시식

라마리(오징어 튀김)와 엔초비(멸치 튀김)를 사 먹으며 해변을 따라 여유
롭게 걷는데, 좁은 해안가에 비키니 수영복을 입은 몇몇 사람이 해수욕을
즐기는 것이 보였다.

그 모습은 지중해의 인어들이 노는 듯한 착각을 불러일으키기에 충분
했다. 여행을 마치고 알게 된 노래이지만, 2014년 한 인디밴드가 이곳을
생각하며 부른 노래의 가사가 우리가 느낀 많은 것을 말해 주는 듯해 소개
한다.

친퀘 테레

지중해의 어느 저편에
아름다운 다섯 마을이 있어요
비행기로 갈 수는 없고
피렌체에선가 기차를 타지요
음-
무거운 짐들은 잠시 내려놓고
같이 떠날까요?
걱정은 저기 멀리에
푸른 물결이 부는 곳에 내던지고
이제는 그대와 나와 스치는 바람
이걸로 충분한 거지, 그래
작은 골목 사이 사이엔
시간이 묻어서 한참을 웃어요
말로 다 하긴 어려워요
세상 모든 일도 마찬가지겠죠
음-
무거운 짐들은 잠시 내려놓고
같이 떠날까요?
걱정은 저기 멀리에
푸른 물결이 부는 곳에 내던지고
이제는 그대와 나와 눈앞의 바다
이걸로 충분한 거지, 그래

이탈리아 친퀘 테레 마을

폼페이와 나폴리

이탈리아에서의 네 번째 여행지는 고대 로마 도시인 폼페이(Pompeii)였다. 서기 79년 이탈리아 남부 나폴리 연안에 우뚝 솟아 있는 베수비오 화산이 돌연 폭발했다. 엄청난 양의 화산재와 화산 분출물이 솟아올라 인근 도시로 쏟아져 내렸다. 이곳 폼페이도 큰 피해를 보고 소멸한 도시 중 하나다. 운하 건설을 하다가 우연히 발견한 이곳에는 당시의 처참했던 상황을 보여 주는 유물이 많았다.

르네상스 시기의 화려하고 눈부신 이탈리아를 여행하다, 갑자기 마주한 폼베이는 암울하게 다가왔다. 〈폼페이 최후의 날〉이라는 영화가 말해 주듯 어둡고 암울한 곳을 보니 우리에게는 전혀 다른 반전의 감동을 전해 주는 것 같았다. '우리나라의 어느 도시에서 이와 같은 일이 벌어진다면, 또는 이미 벌어졌다면 어떠한 모습이었을까?' 하는 생각을 잠시 했다.

다음 행선지는 폼베이에서

기차 안에서

카프리섬으로 가는 여객선

그리 멀지 않은 소렌토를 거쳐 나폴리(Napoli)로 향하는 것이었다. 버스를 이용하여 이동하는데, 도로 사정이 매우 좋지 않았다. 세계적인 관광지의 모습과는 어울리지 않은 듯했다.

　나폴리 관광을 마치고 항구의 선착장으로 자리를 옮겨 배에 몸을 실었다. 환상의 섬이라 불리는 카프리섬을 보기 위해서다. 쾌속선 안에서 코발트색 바다의 카프리섬을 마주할 생각을 하니 무척이나 흥분되었다. 특히 이곳은 영국 찰스 황태자와 고 다이애나비의 허니문 장소였다고 한다. 그만큼 아름다운 곳이다.

　카프리섬을 둘러보고 푸른 동굴로 들어갔는데, 그곳에서 목격한 신비함과 아름다움은 정말 말로 표현하기 어려울 정도였다. 입구에서 시작되는 햇빛이 동굴 안의 물에 반사되어 푸른색을 띠었고, 마치 다른 세상에 들어온 듯한 착각을 불러일으키게 했다.

로마의 휴일 트레비 분수

다음 날 로마의 트레비 분수(Fontana di Trevi)를 보러 갔다. 영화 〈로마의 휴일〉로 유명한 분수대에 도착해 물속을 바라보니 전 세계 동전이 있었고, 우리나라 동전도 쉽게 찾을 수 있었다. 동전 던지기가 꽤 유명하여 매일 엄청난 양이 쌓이고, 그 동전을 건져내 문화재 관리 비용으로 사용한다고 한다. 가끔 전문적으로 훔쳐 가는 도둑도 있다고 한다. 우리도

콜로세움 외부

콜로세움 내부

각자의 소원을 빌며 분수를 뒤
로한 채 동전을 던졌다.

다음으로 검투사들이 매일
치열한 결투를 벌였던 콜로세
움(Colosseum)으로 자리를 옮

종업원의 사진 서비스

겼다. 우리가 익히 알고 있는 일부 무너진 외벽은 대지진으로 인해 붕괴가
되었는데, 그 벽돌을 다른 건물을 짓기 위해 사용했다고 하니 한편으로 씁
쓸했다. 또 한 번 씁쓸했던 기억은, 우리가 경기장으로 알고 있는 아레나
(Arena)라는 말은 '모래'가 어원이라는데, 검투 대결에서 흘린 피를 빠르
게 정리하기 위해 바닥을 모래로 덮어 버린 것에서 유래했다고 한다. 로마

의 랜드 마크로 자리 잡은 이곳을 끝으로 관광을 마치고 처음 묵었던 숙소로 돌아왔다.

다음 날은 로마 시내를 관광했다. 먼저 푸른 하늘이 우리를 반겨 주었다. 시내 관광 후 일행은 다시 트레비 분수 근처로 향했다.

저녁에 교수 부부와 레스토랑에 들어가 음식을 주문하려는데, 뭔가 배도 고프고 갈증도 느껴져 주위를 둘러보니 피자에 맥주를 마시는 광경이 보였다. '그래 이거다.' 라는 생각으로 한국말로 "피맥"을 외쳤다. 당연히 그들은 알아듣지 못하겠지만 말이다. 그 말을 듣고 서빙하는 아가씨가 재미있는 표정을 선사해 주었다.

바티칸 대성전(베드로 대성전)

6월 30일, 6박 7일의 이탈리아 패키지 투어의 마지막 행선지가 바티칸 대성전이었다. 일행과 함께 무리한 일정보다는 편안한 차림과 가벼운 마음으로 나선 하루였다. 조식을 간단히 마치고 성 베드로 대성당(San Pietro Basilica)에 도착했다. 이곳은 우리에게 바티칸 대성전(Basilica Vaticana)으로 알려져 있다. 세계에서 가장 거대한 교회라 그 크기와 웅장함에 우리는 모두 압도당했다. 크기에 한 번, 섬세하고 정교함에 한 번 더, 그리고 줄을 서서 기다리고 있는 많은 인파에 더욱 놀랐다. 이후 바티칸 박물관과 시스티나 예배당(Aedicula Sixtina), 트레비분수 및 콜로세움의 외관 관람이 예정되었는데, 우리 부부는 만남의 장소를 정하고 콜로

로마에서 가장 오래된 20년 전통의 카페 그레코

세움의 내부까지 관람했다.

　여행을 하면서 교수님은 예전처럼 여전히 호탕하고 긍정적인 모습을 보여 주어 여행의 즐거움을 배가시켜 주었다. 사모님은 여행 내내 다소곳하고 조용한 편이었는데, 경제와 부동산에 관련된 이야기가 나오면 똑소리 나는 지론을 펼치셨다. 그때는 모 은행의 부지점장으로 계셨지만, 지금은 지점장이 되셨다. 여행이 끝난 후에도 가끔 부부 동반 모임을 하곤 한다. 여행이 주는 인생에 대한 알파가 아닌가 싶다. 교수 부부와 아쉬운 이별을 하고 서로 다음 여정을 향해 떠났다. 일행이 떠난 후 우린 Airbnb로

트레비 분수의 야경

숙소 도착 후 야간 자율학습(?)으로 찾아간 삼겹살집

숙소를 예약하고 로마에 이틀을 더 머물기로 했다. 아쉬웠던 트레비분수를 어두운 밤에 한 번 찾아가 봤고, 바티칸 시국과 함께 로마의 밤을 피부로 느끼는 시간을 가졌다.

* 프랑스 남부 지중해에서 낭만을

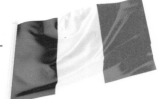

니스(Nice) 모나코(Monaco) 칸(Cannes) 다시 니스(Nice) 다시 모나코(Monaco)
생폴드방스(Saint-Paul-de-Vence) 멍똥(Menton)
(2017년 7월 3일 ~ 7월 10일)

니스 바다에서 수영하다

7월 3일 이탈리아 패키지 투어의 아쉬움을 뒤로하고 일행과 헤어진 후 프랑스로 떠났다. 우리를 태운 비행기는 프랑스 남쪽 도시 니스(Nice)의 코트다쥐르 공항(Aeroport Nice Cote d'Azur)에 도착했다. 공항 터미널 인근에는 꽤 많은 택시 기사들이 앞다퉈 가격흥정을 하며 호객행위를 하고 있었다. 그것을 보니 정말 프랑스에 도착한 듯했다. 기사들은 영어와

니스 해안가의 하늘과 맞닿은 파아란 수평선

불어, 그리고 중국어 등을 사용하며
열심히 고객을 찾았다. 조금 떨어진
장소까지 걸어서 이동해 한적한 곳에
서 편안한 마음으로 택시를 타고 예
약한 숙소로 갔다.

숙소는 8층 건물에 부대시설은 많
지 않았지만, 지난번 숙소와 다르게
엘리베이터가 있었다. 오래된 원룸
구조였고, 숙소 주인은 이러한 방을

숙소에서 본 니스의 하늘

여러 채 소유하며 Airbnb로 빌려주는 모양이었다. 주인은 보지 못했지만,
매니저라고 소개한 여인을 만나 주의 사항과 열쇠, 그리고 명함을 한 장
받았다. 방 안에는 와이파이 상태도 좋았고, 커튼을 열어 창밖을 바라보니
아름답고 파란 하늘이 우리 부부를 반겨주었다. 눈이 부실 정도의 파란 하
늘이 멀리 보이는 바다의 수평선과 맞닿아 있었는데, 어디가 하늘이고 어
디가 바다인지 구분하지 못할 정도로 인상적이었다. 이곳은 프런트나 레
스토랑 그리고 기대는 안 했지만, 수영장도 없었다.

일단 밖으로 나가고 싶어 짐만 대충 정리하고 길을 나섰다. 지중해의
항만도시인 만큼 풍광이 아름다운 바다를 보며 산책하는데, 반려견과 함
께 나온 사람들이 많이 보였다. 좋은 날씨와는 다르게 길거리 구석구석에
는 반려견의 배설물이 보여 미간이 찌푸려지기도 했다. 우리나라의 경우
반려견과 산책할 때 젓가락과 위생 봉투는 필수인 데 반해, 이곳은 전혀

프롬나드 데 장글레 산책로(2016년 대형트럭 테러)

그렇지 않았다. 선진국이라고는 하지만, 그런 부분은 우리에게 배워야 할 것 같다.

　해변의 유명 산책로인 프롬나드 데 장글레(Promenade des Anglais)에 도착하여 이곳저곳을 걸어 다녔다. 1년 전인 2016년 7월 14일. 프랑스대혁명 기념일을 맞아 이곳에는 많은 사람이 축제를 즐기는 상황에, 외로운 늑대(?)로 추정되는 범인이 대형트럭과 총을 사용해 끔찍한 테러를 저질렀다. 그로 인해 130여 명의 희생자가 발생했다고 한다. 1년이 지난 지금의 상태는 테러가 일어난 곳이라고는 믿기지 않게 평온해 보였다.

　이제는 특별하게 느껴지지 않는 와이파이 불통 상태와 데이터 부족으로 인근 맥도날드에 들러 와이파이를 이용하고 간단하게 끼니를 해결했다. 그리고 마트로 이동해 저녁거리를 사서 숙소로 복귀하였다. 마트에서 산 삼겹살과 저렴한 와인을 먹는데 둘의 궁합이 환상적이라는 걸 처음 알게 되었다. 레드 와인은 붉은 고기, 화이트 와인은 흰 살코기라고 하지만, 우리 부부에게는 어떤 와인과 무슨 색의 고기일지라도 안 맞을 수 없었다. 니스에서의 첫날은 아주 좋은 기억으로 남아 있다.

　둘째 날, 니스에서 눈을 떴다. 아침을 먹고 이국의 풍경과 마주하면서 갑자기 생각난 노래에 창밖으로 지나가는 갈매기를 바라보며 혼자 흥얼거렸다. 그러면서 내가 남프랑스 해안의 이국적 풍경과 마주하고 있음에 문득 울산의 바닷가 풍경이 스치듯 생각나며 서로 다른 감동에 한참을 바라보았다.

　"모모는 철부지 모모는 무지개/ 모모는 생을 쫓아가는 시계 바늘이다/ 모모는 방랑자 모모는 외로운 그림자/ 너무 기뻐서 박수를 치듯이 날개 짓하며/ 날아가는 니스의 새들을 꿈꾸는 모모는 환상가/ 그런데 왜 모모 앞에 있는 생은 행복한가/ 인간은 사랑 없이 살 수 없다는 것을/ 모모는 잘 알고 있기 때문이다"

니스 앞바다의 자갈 해변에서 일광욕하는 사람들

여행 중 바다 수영을 즐기려는 마음에서 울산대공원에 있는 수영장에 등록해 아침마다 수영 연습을 했다. 그러던 중 접영을 배우다 수영장 바닥에 발바닥을 부딪쳐 족지 골절로 이어지는 부상을 입었다. 보통 이런 환자를 경우를 만나면 의사인 나로서는

"4주 정도 운동하지 말고 쉬세요."

라고 이야기하겠지만, 조금은 참을 만하여 부목에 코밤(일종의 고정 테이프)으로 고정하고 계속해서 수영을 배웠다. 그런데 여행 출발이 코앞인데 접영의 진도가 생각처럼 나가지 않아 신설 수영장을 아내와 함께 등록하여 개인 지도를 받기도 했다.(지극 정성)

니스 해변에서 수영

　니스 바다의 해변은 모래사장이 거의 없고 큰 자갈로 형성되어 있었다.
이곳은 크고 작은 파도가 있었지만, 수영 강습을 통해 얻은 자신감으로 마
음껏 바다 수영을 즐길 수 있었다.

　다른 여행자들은 수영보다는 자갈 바닥에서 일광욕을 즐겼다. 갑자기
우리나라 해운대의 모래사장이 그리워졌다.

　수영을 마치고 해변에 앉아 쉬고 있는데, 우리에게 어떤 부부가 말을
걸어와 함께 이야기하고 간단한 간식도 나눠 먹었다. 인도네시아 출신으
로 10년 전에 이곳으로 이민을 왔지만, 해변에는 처음 나와본다고 했다.
그런 이야기를 들으니 생각보다는 이민 생활이 여유롭거나 이상적이지만
은 않다는 느낌을 받았다.

그레이스 켈리의 모나코 공국

니스 인근에 있는 모나코 공국(Principaute de Monaco)으로 향했다. 약칭 모나코(Monaco)는 서유럽의 프랑스 동남부 해안에 있는 도시국가이다. 면적은 2㎢이며 인구는 3만 8천 명 정도인 소국이다. 이 정도로 작은 면적에 적은 인구로도 국가가 형성될 수 있다는 것이 신기했다.

조식을 최대한 간단하게 먹고, 일종의 시티투어로 남프랑스의 작은 마을인 에즈(Eze)를 통해 모나코로 들어가는 버스가 있다는 것을 알게 되어 서둘러 등록하였다. 함께하는 일행들과 간단히 인사를 나누고 에즈빌리지라는 조금 높은 곳으로 올라가 지중해를 전망으로 사진을 찍었다.

곧이어 모나코 왕궁으로 향했는데, 가는 길에는 유명하고 비싼 자동차

모나코 몬테카를로 카지노 건물의 야경

그레이스 켈리 전시관 입구

들이 거리를 가득 메우고 있었다. 카지노도 많고, 1인당 국민소득이 6만 달러가 넘는 워낙 부자가 많은 나라라 그런지 자신의 부를 과시하는 듯 보였다. 그런 생각을 하는 중에 스포츠카 한 대가 도심에서 굉음을 내며 속도를 즐기는데, 꼭 우리나라의 오렌지족이나 야타족이 이곳에도 존재하는 듯하다고 생각했다.

　많은 인파가 카지노가 있는 호텔로 향했지만, 우리 부부는 그레이스 켈리(Grace Patricia Kelly) 기념관을 방문했다. 그레이스 켈리는 미국 필라델피아 출신의 배우로 모나코 왕비가 되었다고 알려져 있다. 아내는 학창 시절 우아하고 지적인 켈리에 흠뻑 빠진 찐팬이었다고 한다. 그레이스 켈리와 행운의 2달러짜리 지폐의 이야기는 유명하다. 〈마이웨이〉를 부른 프랭크 시나트라로부터 2달러짜리 지폐를 선물 받고 왕비가 되었다고 하여

2달러짜리 지폐는 행운의 상징이 되었다고 한다. 또한 일설에 의하면, 선박왕 오나시스가 모나코 왕세자와 할리우드 여배우의 중매를 선 것은 모나코 공국의 관광산업을 활성화하기 위한 목적이었다고도 전해진다.

시네마 칸(CINEMA CANNES)의 벽화

칸의 레드카펫

영화의 메카 칸

칸으로 이동하기 위해 버스에 올랐다. 여전히 맑은 하늘과 공기는 우리를 해안가 좁은 골목으로 안내했고, 거리를 관광한 후 사진과 액자 등 기념품을 파는 가게에 들러 구경을 했다. 다시 걸음을 옮겨 시장을 지나 홍합류를 파는 해산물 레스토랑에 들러 점심을 먹는데 생각보다 가격이 비싸 조금 놀랐다.

칸영화제가 열리는 곳에 도착하니 레드카펫이 펼쳐져 있었고, 그곳에서 주인공이라도 된 양 자세도 취하고 웃어도 보며 사진을 찍었다.

호스트 아들의 태권도 시범

니스의 개인 숙소로 알려진 'Laure' 숙소를 찾아 이동하였다. 우리나라는 집주인이 거주하면서 Airbnb를 빌려주지만, 이곳은 조그만 아파트(방 2개, 거실 1개) 전체를 빌려주는 시스템이었다. 여름엔 좁고 복잡해서인지 호스트는 대여 일을 끝마친 후 지인의 집으로 갔다.

니스 Airbnb 호스트와 문자 번역
기로 문자 소통

호스트가 준비해 준 조식 만찬

프랑스 남부지역 작은 마을에서 호스트 생활을 하는 그는 대단히 친절했지만 불편했던 점도 있었는데, 그것은 그가 영어를 거의 못 한다는 것이었다. 앱을 이용해 영어를 불어로 전환하여 대화를 시도했지만, 역시나 만국 공통어인 보디랭귀지가 더욱 잘 통했다.

호스트 아들이 준비한 스크랩 사진들

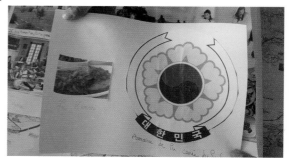

　특히 호스트의 아들은 한국 사람이 방문한다는 소식에 들떠 2시간 전부터 우리를 기다렸다고 한다. 여느 때보다 더욱 반가운 인사를 한 8살 정도 되어 보이는 호스트의 아들은 우리를 위해 미리 준비한 태권도 시범을 잠시 보여 주었다. 태권도 품새 동작을 "차렷, 찌르기" 등의 한국어 구령을 붙여가며 열심히 뽐냈다. 그 모습이 너무 귀여웠다. 그러면서 동시에 이곳 사람들이 우리 한국에 대해 좋은 이미지를 가지고 있다는데 뿌듯함을 느낄 수 있었다. 태권도 시범을 마치자 아내가 답례의 의미로 책꽂이, 부채 등의 선물을 주었는데, 아들은 선물을 받고 엄마 뒤에 숨으며 무척

수줍어하면서도 엄청나게 좋아했다.

아이는 K-Pop 등의 영향을 받았는지 한국에 대한 관심이 아주 많았다.
한국과 관련한 사진 스크랩 북을 준비할 정도였다. 스크랩 북을 펼쳐보니
우리나라 대통령과 김치, 태극기 휘장 사진 등이 들어있었다.

리스한 자동차를 타고 다시 모나코로

아내는 그레이스 켈리가 그리웠는지 모나코에 다시 한 번 가 보기를 원
했다. 마침 한국에서 예약한 리스 자동
차를 받기로 한 날이었다.

'자동차도 생겼는데 어느 때, 어디
곳이든 아내의 소원을 못 들어 주겠는
가?' 소나타 정도의 시트로엥 자동차
는 한 달을 렌트하고 그 후 프랑스 북
부 칼레항에서 양도하는 조건으로 빌
렸다. 번호판이 적색이었고 새 차라 매
장에서 신차를 산 것처럼 한껏 들떴다.
우버 택시를 부르지 않아도 된다는 생
각에 더욱 즐겁기만 했다. 모나코 시내
를 여유롭게 여행하던 중 버스로 자유
여행을 즐기는 한국의 젊은 여성 두 사

니스의밤바다

람을 만났는데, 마침 니스로 향하는 방향이 같아 태워 주기도 하였다.

관광을 마치고 숙소로 돌아와 마트에서 산 와인을 함께 마셨다. 서로 여행에 관한 이야기가 많았는지, 아니면 벌써 한국 사람과 한국어가 그리웠는지 이런저런 대화를 나누며 와인을 두 병이나 마시게 되었다.

중세를 간직한 작은 마을 생폴드방스

우리 부부에게는 휴대전화 속 구글맵과 빌린 자동차가 있었기에, 어디든 자신 있게 떠날 수 있었다. 그래서 생폴드방스(Saint-Paul-de-Vence)

생폴드방스의 어느 골목길

를 찾아갔다. 우리를 처음 맞이해 준 것은 골목 골목마다 아기자기하게 자리 잡은 건물과 조그만 상점들이었다.

이국적인 풍경에 여러 사진을 남겼다. 해안가 건물의 벽에 그려 놓은 그림은 매우 인상적이라 한참을 바라보았다. 거리를 지나는데 와이파이는 물론 TV도 없는 호텔이 5성급이라고 표시되어 우리는 동시에 황당해하기도 했다. 세상 모든 것들과 연결이 차단된 곳에서 오롯이 휴식만을 취하라는 메시지 같았다. 들어가 보고 싶었지만 시간 관계상 그러지 못해 아쉬움이 남았다.

프랑스 남동부 지중해 해안에 있는 생폴드방스는 중세를 간직한 유서 깊은 작은 마을로 한적하면서 동시에 아름다운 곳이었다. 나는 이곳에서 며칠이 아니라 적어도 한 달 정도는 살아보고 싶다는 생각

샤갈이 잠들어 있는 공동묘지

이 들었는데, 알고 보니 많은 예술가가 실제 거주했던 마을로 유명했다. 피카소와 더불어 당대 최고의 화가로 꼽히는 마르크 샤갈의 묘지도 이곳에 있으며, 박물관이나 미술관이 유독 이곳에 많이 자리 잡고 있었다. 문득 사람은 대부분 태어난 고향에 묻히고 싶다고 생각하는데, '샤갈은 러시아 근처 벨라루스가 아닌가?'

샤갈은 죽어서도 자신의 고향을 향해 묻혔을지도 모른다고 생각했다.

* 다시 이탈리아로-파도바 주인 부부를 만나다

제노바(Genova) 파도바(Padua)
(2017년 7월 11일 ~ 7월 12일)

8일간의 프랑스 여행을 뒤로하고 다시 이탈리아로 향했다. 지금까지 매끄럽게 잘 작동하였던 구글맵이 약간의 오작동을 일으키는 일이 발생했다. 프랑스 남동쪽에서 이탈리아 북서쪽 국경을 넘어 고산지대를 지나 해안도로를 만나면서 안내해 준 방향대로 가니 왔던 길을 다시 만나는 불상사를 겪게 되었다. GPS 문제로 생각하고 해결책을 찾기 위해 지도를 펼쳐 방향을 다시 잡았는데, 이곳 도로의 이정표는 지도와는 전혀 달라 다소 힘든 여정을 이어 나갔다.

프랑스 멍뚱(Menton)을 지나 이탈리아 제노바(Genova)에 무사히 도착하였고, 기나긴 산악지대를 거쳐 목적지인 파도바(Padua)의 숙소에 도착했다.

시계를 보니 10시간 정도 운전한 것 같았다. 피곤한 몸에 잠시 휴식을 취하는데, 지금까지 의존해 왔던 구글맵이 결코 만능이 아니라는 생각이 들기도 했다.

우리 부부에게 이탈리아 북부의 오래된 도시인 이곳 파도바는 특별한 의미가 있어 목적지로 정한 것이다. 몇 년 전 패키지여행을 통해 왔는데, 하루는 투어를 마치고 숙소에서 30분 거리의 맥줏집을 찾은 적이 있었다.

오랜만에 찾은 Pub 레스토랑에서 주인과 함께

드디어 찾은 Melograno Pub
음식점

시원한 맥주를 마시며 이야기를 나눴고, 시계를 보니 밤 11시가 넘어가고 있었다. 밤길이 위험하다며 맥주 가게의 주인은 본인의 차를 이용해 숙소가 있는 시내까지 우리를 태워다 주었다. 언어 소통은 되지 않았으나 간단한 보디랭귀지로 주인의 호의를 느낄 수 있었고 우리 부부는 감사함을 표현했다.

　그래서 그날을 추억하고 다시 한 번 감사를 표현하고자 길을 나섰고, 우리는 기억을 더듬어 가며 길을 찾았다. 한참을 헤매다 주택가에 다다랐고, 어렴풋이 생각난 곳으로 가 보니 그날의 맥줏집이 떡하니 그대로 자리하고 있었다. 외부와 내부가 인테리어를 새로 한 듯이 변해 있었고, 가게 안으로 들어섰는데 남자 주인이 우리를 정확히 기억하지 못해 아쉬웠다. 우리는 무척이나 반가웠지만, 할 수 없다고 생각하던 찰나에 안주인이 우리를 발견하고는 바로 알아보며 반기는 것이 아닌가. 역시나 영어로는 소통이 안 되었지만, 오랜만에 만난 친구처럼 웃고 떠들며 시간을 보냈다. 남자 주인은 나보다는 나이가 있어 보였는데 알고 보니 4살이나 어렸다. 다음번에 다시 들르겠노라 말하며 간소한 선물을 전하고 아쉬운 작별을 했다.

* 슬로베니아의 프레드야마 성과 류블랴나 야시장

프레자마(Predjama) 류블랴나(Ljubljana)
(2017년 7월 13일 ~ 14일)

프레드야마 성

7월 13일 우리는 다시 동쪽으로 차를 몰아 이탈리아와 국경을 마주하고 있는 슬로베니아 공화국(Republika Slovenija)으로 향했다. 부부가 함께 운영하는 숙소에 도착하니 노모가 우리를 반겨 주었고, 이내 연락을 받고 도착한 부인이 친절히 안내해 주었다. 짐을 풀고 바로 나와 프레드야마 성(Predjama Castle)을 보기 위해 길을 나섰다.

프레드야마란 말 자체가 동굴 앞이란 뜻이다. 세계에서 가장 큰 동굴로 이루어진 이 성을 처음 봤을 때 감탄사가 절로 나왔다. 전쟁 중 외부의 침입을 피하려고 성의 출입구를 튼튼하게 만들어 장기간 안전하게 지낼 수

프레드야마 성

포스토이나 석회 동굴

있는 곳이었다고 한다. 특별한 장소를 통해 식량도 조달받으며 외부의 침략을 피했지만, 성주가 잠시 자리를 비운 사이 내부 변절자로 인해 위치가 노출되어 포탄의 공격을 받았다고 전해진다. 입장료를 낼 때 받았던 한국어로 된 오디오 이어폰을 통해 자세하고 쉽게 안내받아 편했고, 방명록도 준비되어 있어 기록을 남기고 성을 빠져나왔다. '김래원'이라는 배우가 출연한 우리나라 드라마 〈흑기사〉의 배경이 되어 더욱 우리나라 사람들에게 인기가 많다는 것을 나중에 알게 되었다.

장날 모임의 사람들

류블랴나 야시장

아침에 눈을 떠 식사하던 중 우리를
만난 호스트는 새로운 여행지를 추천
해 주었다. 바로 야시장이다. 오전에
성당을 둘러보고 오후가 되면서 찾아
간 류블랴나 야시장은 매주 금요일 저
녁이 되면 마치 축제를 방불케 하는 장
이 펼쳐진다. 'Odprta Kuhna'라 불리

류블랴나 7일장에서 돼지 바베큐

는 오픈 키친 행사인데, 슬로베니아 전통음식부터 여러 나라의 음식을 구
경하고 맛볼 수 있는 좋은 기회가 되었다. 축제와 같이 많은 사람으로 붐
볐고, 우리도 호스트가 왜 이곳을 추천했는지 이해할 수 있었다.

* 크로아티아 자다르의 바다 오르간

자다르(Zadar) – 스플리트(Split)

(2017년 7월 15일 ~ 16일)

　　슬로베니아와 국경을 마주하며 남쪽에 있는 크로아티아를 향한 일정
이 시작되었다. 남서쪽으로 차를 몰아 자다르(Zadar)라는 지방 도시에 도
착하였다. 달마티아 지역의 주도인 자다르는 아드리아해 북부에 있는 항
구 도시다. 특히 교통의 요충지이기 때문에 크로아티아 주요 도시뿐 아니
라 유럽의 다른 나라에서도 쉽게 갈 수 있다. 저녁노을로 유명한 곳이라
서둘러 바다로 가서, 올드타운 북서쪽 끝 해변 공용주차장에 주차했다.

바다 오르간 근처의 조명판에 모인 사람들

여기에는 바다와 만나는 돌계단 아래에 음향 장치를 설치해 놓은 바다 오르간이 있다. 그것은 바닷물이 드나들며 파도를 칠 때마다 계단 내부에서 마치 오르간을 연주하는 것 같은 소리가 난다. 세계에서 유일한 장소이기도 한데, 그렇게 아름답지는 않았지만 신비롭기는 최고였다. 조금 이른 석양을 감상하는데, 어느새 많은 관광객이 몰려와 함께 바다로 빠져드는 해를 감상했다.

다음 날 아침 일찍 일어나 전날 저녁 바다 오르간을 보았던 해변을 다시 찾았다. 해안 산책로를 따라 시원한 바닷바람을 맞으며 어제와 또 다른 이곳의 매력에 빠졌다.

산책을 마친 후 차의 시동을 걸어 찾아간 곳은 크로아티아의 수도 자그레브 다음으로 규모가 크고 역사가 깊은 도시 스플리트(Split)이다. 그리고 다시 보스니아 헤르체고비나(Bosna i Hercegovina)로 이동해 베오그라드(Београд)에 도착했다.

* 포탄 흔적이 남은 보스니아

베오그라드(Београд) 두브로브니크(Dubrovnik)

(2017년 7월 17일)

푸른 바다와 오렌지색 지붕으로 유명한 두브로브니크(Dubrovnik)로 이동했다. 크로아티아와 보스니아는 간단한 여권 심사를 통해 다소 자유

총탄 흔적이 남아 있는 보스니아의 폐허가 된 집터

두브로브니크 성벽 둘러보기

롭게 이동할 수 있었다. 두브로브니크 성의 내부를 관람하고 성벽을 따라 산책을 즐기는 동안 바다를 바라보는 전망이 장관이었다.

　구시가의 성벽(Stari Grad)은 1979년 유네스코 세계유산으로 지정되었다. 한때 지진으로 심하게 파괴되었지만, 아름다운 고딕, 르네상스 바로

중동 항공의 기장과 한국 승무원과 한 컷

크 양식의 교회, 수도원, 궁전 등이 잘 보존되어 있었다.

성 자체는 해안으로 진입하는 외세의 침략으로부터 보호하는 요새처럼 잘 지어져 있었고, 주위 바다와 어우러진 경치가 훌륭해 관광지로 손색이 없었다. 후세에게 풍부한 관광자원을 제공했지만, 국력이 약해 더욱 발전시키지 못한 것이 조금은 아쉽다는 생각이 들었다.

성을 빠져나와 국경 지역에 숙소를 예약하고 차를 몰아 움직이는데, 또 한 번 구글맵이 오작동을 일으켜 잠시 길을 헤맸다. 그러면서 다른 길로 접어들어 창밖으로 조그만 도시들을 마주했는데, 부서진 건물이며 포탄의 흔적과 총탄 자국이 자주 보였다. 92년 4월부터 95년 12월까지 발생했던 보스니아 내전은 아픈 역사였다. 아직도 복구하지 못한 것은 아마도 이 나라의 경제력이 이곳까지 미치지 못했기 때문인 듯했다. 실제 우리가 이용했던 숙소 또한 외벽만 새롭게 단장했을 뿐 여러 군데에서 그날의 아품이 느껴졌고, 바로 옆 건물은 폐허가 된 채로 방치되어 있었다.

외국을 방문하면 애국자가 된다고 했던가. 실제 세계 유일의 분단국가이며 전쟁의 아픔을 가진 한국인의 시각으로 이곳을 바라보니 하루빨리 한반도에 평화가 찾아오고 더욱 강한 나라가 되어 주변국의 간섭을 받지 않는 날이 왔으면 하는 바람이 간절했다.

보스니아 수도인 사라예보(Sarajevo)를 찾았다. 우리에게는 1973년 이에리사가 주축이 된 선수단이 세계 탁구 선수권 대회에서 단체전 우승을 한 것으로 잘 알려진 도시다.

숙소에서 잠을 청하던 중 갑자기 강한 총소리 같은 소리가 울렸다. 다음 날 아침 호스트에게 무슨 일이냐 물어보니 이곳에서 흔한 일은 아니지만, 뉴스에서도 별 이야기가 없는 것으로 보아 큰 문제는 아닌 것 같다고 했다. 사라예보 시내에서 마주한 사람들은 다소 여유로워 보이긴 했으나 왠지 모르게 우리나라 90년대 정도를 보는 듯한 느낌은 지울 수 없었다.

다음 날 사라예보 박물관을 관람한 후 시장으로 향했고, 시장을 구경하던 중 한국 사람을 만나서 오랜만에 정다운 이야기를 나눴다.

* 몬테네그로의 교통 위행 단속

(2017년 7월 18일)

이날은 참 기억하고 싶지 않은 하루였다. 보스니아에서 출발하여 몬테

차량 추월 금지 표지판

네그로(Crna Gora)의 수도인 포드고리차(Podgorica)에 있는 유명한 대성당을 찾아가기로 했다. 포드고리차의 고리차는 작은 언덕을 의미한다. 약간의 산악지대를 운전하는 길에 과거 우리나라에서 일컫는 소위 '차량 뻥땅'을 당했다.

　1차선 도로를 달리던 중 느리게 서행하는 소형 트럭을 만났다. 한적한 길이 나오면 추월해야겠다 생각하며 운전하던 중 오르막 커브 길에서 "이 때다." 하고 중앙선을 넘어 안전하게 트럭을 지나쳤다. 바로 내리막 커브 길이 나왔는데, 그 길에는 경찰차 한 대와 방긋 웃는 표정으로 우리에게 정차 신호를 보내는 경찰이 보였다. 교통법규를 어겼으니 범칙금을 내는 것은 어찌 보면 당연하다고 생각하는데, 이 경찰은 노골적으로 돈을 달라는 보디랭귀지를 했다. 나에겐 다른 두 개의 지갑이 있었고 50유로가 든 지갑을 보여 주었다. 그러자 경찰은 웃으면서 20유로를 더 달라는 액션을 취했다.

하는 수없이 70유로를 지불하고 떠나는데, 우리를 향해 매우 깍듯하게 인사했다. 그 자리를 벗어나면서 기분도 찜찜하고 앞으로 운행에 주의를 더욱 기울여야겠다고 생각했다. 그러면서 '원래 이곳 경찰은 2인 1조로 근무를 하는데, 왜 혼자 있었을까?' 하는 생각이 들었다. 아마도 교통 법규를 위반한 차량을 상대로 돈을 뜯을 목적이었던 것 같았다. 특히 우리 차량의 번호판이 렌터카인 빨간색이어서 타깃이 된 것이라 여기며 여정을 이어 갔다. 우리나라 90년대에 암행 단속이 유행한 적이 있다. 그때의 암행 단속이 30년이 지난 이곳에서 일어나고 있는 것을 보고 씁쓸한 웃음이 지어졌다.

* 10점 만점의 10점 여행 세르비아

베오그라드(Beograd)

(2017년 7월 19일 ~ 22일)

보스니아 동쪽에 있는 세르비아(Republika Srbija)로 출발했다. 자동

차로 국가 간 이동하는 통행 스티커는 나라와 기간에 따라 유로 요금이 각
각 달랐다. 세르비아의 물가는 훨씬 저렴하다는 생각이 들었다. 수영을 하
고 싶어서 수영장이 있는 호텔을 예약했다.

　피트니스장에서 러닝과 운동을 하고 수영을 즐기며 상쾌한 기분을 만
끽했다. 이후 근사한 레스토랑을 검색하여 스테이크와 와인을 먹었다.
(훗날 영국에서 먹었던 스테이크 값의 절반 정도였다.) 여행을 떠난 지 한
달 만에 충분한 휴식을 취하며, 지난 한 달을 정리해 보는 시간도 가졌다.
편안하게 보내다 보니 세르비아 여행은 10점 만점에 10점인 여행이라 생
각되었다.

* 헝가리에서 외친 인생 파이팅

(2017년 7월 23일 ~ 7월 26일)

　헝가리(Magyarorszag)로 움직이는 날이 밝았다. 세르비아의 수도인 베오그라드(Beograd)에서 북쪽으로 차를 몰아 헝가리를 향해 이동하는 데, 시작부터 구글맵의 방향이 또다시 문제를 일으켰다. 이제는 익숙해져 동서남북을 파악하고 지도에 있는 길을 향해 나아갔다. 들판에 난 길은 수풀만이 무성히 자라있고 이따금 도로표지판이 등장했지만, 방향을 제시하기보다는 '소를 주의하시오'와 비슷한 표지판이 있을 뿐이었다. 내비게이션의 도움 없이 가는 길은 어찌 보면 인생길과 같다는 생각이 들었다. 아내와 고교 시절 책으로 만난 피천득 선생의 〈가지 않은 길〉 이야기를 주고받았다.

　가지 않은 길 - 로버트 프로스트

　노란 숲속에 길이 두 갈래 갈라져 있었습니다.
　안타깝게도 나는 두 길을 갈 수 없는
　한 사람의 나그네라 오랫동안 서서
　한 길이 덤불 속으로 꺾어 내려간 데까지
　바라다볼 수 있는 데까지 멀리 보았습니다.

그리고 똑같이 아름다운 다른 길을 택했습니다.

그럴 만한 이유가 있었습니다. 거기에는

풀이 더 우거지고 사람이 걸은 자취가 적었습니다.

하지만 그 길을 걸으므로 해서

그 길도 거의 같아질 것입니다,

그날 아침 두 길에는 낙엽을 밟은 자취가 적어

아무에게도 더럽혀지지 않은 채 묻혀 있었습니다.

아, 나는 뒷날을 위해 한 길은 남겨두었습니다.

길은 다른 길에 이어져 끝이 없으므로

내가 다시 여기 돌아올 것을 의심하면서.

훗날에 훗날에 나는 어디에선가

한숨을 쉬며 이 이야기를 할 것입니다.

숲속에 두 갈래 길이 갈라져 있었다고,

나는 사람이 적게 간 길을 택하였다고,

그것으로 해서 모든 것이 달라졌더라고.

우리가 가는 이 길은 언젠가 목적지에 도달하겠지만, 지금 우리는 지름길로 가고 있는지, 돌아가는 길로 가고 있는지 모르는 상황이다. 지금 선택하는 순간뿐만 아니라 앞으로 살아가면서 만나게 될 인생의 선택 길에서, 어느 것을 선택하든지 그 길이 최선의 선택이라 믿고 가는 것이 인생길이 아닌가 하는 생각이 들었다. 내비게이션이 없어도 삶의 방향이 좋다면 두려워할 필요가 없지 않은가.

아내와 두런두런 이런 이야기를 주고받는데, 아내가 흔쾌히 맞장구를 쳐 준다. 그러니 이번 여행도 함께하는 게 아니냐고 하면서 말이다. 이 말을 듣는데 참 고맙다는 생각이 문득 들었다.

그래, 우리 부부 더욱더 파이팅이다.

예약한 숙소에 도착한 후 근처에 한글로 적힌 음식점이 있어 가보기로 했다. 숙소에 짐을 풀어 간단하게 정리하고 가게에 도착하니 한정식을 파는 집이었다. 한국식 백반을 주문하고 추가로 소주를 마셔볼 생각에 가게 주인을 부르자, 주인이 경상도 사투리를 구사해 놀라우면서도 무척 반가웠다. '참이슬'을 마시며 한국 음식을 먹는 동안 가게 주인이 자리를 함께하게 되었다. 주인은 헝가리 이민 생활에 대한 애로사항을 이야기했고, 우리 부부는 여행 이야기를 했다. 한국에서 다른 이에게 내가 하는 일을 맡겨 두고 결혼 30주년 기념 여행을 하는 이야기 등 많은 대화를 나누었다.

음식값이 비싸지 않은 데 비해 술값은 비싼 듯했고, 같이 나눠 마셨기에 일부는 계산을 안 할 줄 알았는데 여지없이 다 계산했다. 조금 당황하긴 했지만, 오랜만에 한국 사람과 뜻깊은 대화를 나눈 값이라 생각하니 마음이 편했다. 숙소로 돌아가며 가게 주인이 타국에서 음식점을 운영하면서 크고 작은 어려움이 많겠다는 생각이 들었다.

다음 날 부다페스트(Budapest)에서 조용한 아침을 맞이했고, 전쟁 중 어부들로 이루어진 시민군이 요새를 방어했다고 하여 이름 붙여진, 어부 요새(fisher's fort)를 방문했다.

부다페스트 관광을 마무리하고 숙소로 들어가기 전, 어제 식사했던 한국 식당을 다시 찾았다. 주인은 우리 부부를 더욱 반갑게 맞아 주었고, 또한 번 맛있는 한국 음식을 맛볼 수 있게 해주었다. 대한민국이 잘 성장하고 있는 만큼 이 가게도 번창하기를 기원하며 가게를 나왔다.

세체니 온천

지친 몸을 녹이고자 세체니 온천(Szechenyi gyogyfurd?)을 찾았다. 아침 일찍 서둘러 숙소를 빠져나왔는데 찾아가는 길은 어렵지 않았다. 온천 입구에 도착해 입장권을 사는데 요금이 제법 비쌌다. 노란색 건물로 2층에서 3층 정도의 높이로 이루어진 온천은 규모도 크고 아름답게 보였다.

세체니 따뜻한 온천 풀

세체니 차가운 온천 수영장

그곳에는 다양한 스팀 사우나와 온천물을 이용한 야외 수영장과 많은 개
별 탕들이 있었다. 일단 목욕탕은 아니고 그렇다고 온천도 아니고, 수영장
도 아니며 그렇다고 워터파크도 아닌 참 뭐라 표현하기 힘든 장소였다. 물
을 이용해 할 수 있는 다양한 것들이 있는 장소였다. 아마 개별 탕에 들어
가 1분씩만 있어도 3시간은 걸릴 듯 크고 다양했다.

온천탕은 수영모가 없어도 자유롭게 이용할 수 있지만, 온천으로 된 풀
은 수영모가 없으면 철저히 통제했다. 수영장은 길이 50m에 폭이 20m
정도 되는 온천물로 되어 있었다. 이곳 온천의 물은 차가웠지만, 수영하면
서 차갑다는 느낌은 서서히 없어졌다. 한차례 수영을 즐기고 이후 미지근

뉴욕 카페   과태료 통지서

한 온천탕으로 이동했다. 처음 이용 요금이 비싸다는 생각이 시간이 지남에 따라 점점 전혀 아깝지 않다는 생각으로 바뀌었다. 3시간 정도 온천욕과 수영을 하고 야외로 나와 햄버거로 식사를 대신하고 내부장식이 유명하다는 카페로 향했다.

SNS를 통해 온천 근처에 있는 유명한 '뉴욕 카페' 앞 도로는 무료주차라는 것을 알게 되어 주차했는데, 커피를 마시고 나오니 위반 딱지가 떡하니 붙어 있었다. 이후의 일정이 엉망이 되는 순간이었다. 여러 곳을 방문할 계획이었는데 과태료를 내기 위해 이동해야 할 상황이 되었다. 먼저 여권을 챙겼고, 인근 우체국으로 이동해 주차위반 과태료를 내는 동안 돈보다는 오히려 시간이 더 아깝다는 생각이 들었다. (나중에 알았는데 훗날 과태료는 리스 차량 회사를 통해 청구된다고 한다.)

전날 과태료 납부로 오후 시간을 헛되이 보내버렸기에 다음 날은 일찍 숙소를 나섰다. 부다페스트를 상징하는 조형물 중 하나인 세체니 다리 (Szechenyi Lanchid)를 보기 위해서다. 이 다리는 부다페스트의 도나우강을 가로질러 놓인 최초의 다리이며, 그 이름은 다리 건설의 후원자였던 헝가리의 국민적 영웅인 세체니 이슈트반에서 따온 것이라고 한다. 서쪽 지역의 부더와 동쪽에 있는 페슈트 사이에 이 다리가 완성되면서 만들어진 명칭이 부다페스트라고 불린다니 도시의 역사에 다리의 역할이 대단하다는 생각이 들었다.

세체니 다리 건너 엥헬스 광장 근처에 자리한 성 이슈트반 대성당 (Szent Istvan-bazilika)을 보고 부다페스트에서의 일정을 마쳤다.

* 오스트리아 비엔나에서 주차 경고장

(2017년 7월 27일 ~ 28일)

헝가리 부다페스트에서 오스트리아(Republik Osterreich)로 이동하여 수도인 비엔나(Wien)에 도착해 슈테판 대성당(Stephansdom)을 관광했다. 대성당 앞은 많은 관광객과 주변의 크고 작은 보수 공사로 인해 매우 복잡했다. 주차할 곳을 찾아 외곽으로 이동하니 약간의 공간이 있어 주

슈테판 대성당 입구

차를 마치고 대성당 이곳저곳을 둘러보았다. 슈테판 대성당은 오스트리아 최고의 고딕식 성당이다. 화려한 모자이크가 인상적인 지붕은 기와 23만 개로 이루어져 있으며, 137m 높이의 남탑과 67m 높이의 북탑은 르네상스 양식으로 건축되었다. 모차르트의 결혼식과 장례식이 치러진 장소로도 유명하다.

　관람을 마무리하고 블로그에서 보았던 근처 전통 슈니첼을 맛보기 위해 '피그밀러' 본점으로 가려고 주차한 위치에 갔더니, 이번에는 견인 경고장이 차에 붙어 있었다. (횡단보도 차선을 뒷바퀴가 물고있었다.) 다음 날은 체코에서 지인을 만나는 일정이 계획되어 있어 차량에 문제가 생기면 안 되겠다 싶어 모든 일정을 뒤로하고 문제를 해결하기 위해 나섰다. 일단 경고장을 들고 주차와 관련된 일을 하는 사람에게 물어보니 주소를 하나 주며 가보라고 했다. 찾아간 곳에 도착하니 근처에 경찰 4명이 식사를 하기 위해 가는 듯하여 그들에게 번역기를 동원해 해결 방법을 물어보았다. 그러자 그중 여자 경찰은 다소 까탈스러웠다. 하지만 남자 경찰 한 명은 약간의 한국말을 섞어 가며

"큰 문제 없을 겁니다. 저 옆 건물 2층에 가면 처리해 줍니다."

라고 해 우리를 안심시켜 주었다. 감사 인사를 건넨 후 그곳으로 찾아갔다. 간판에 'AIDS 구호센터'라고 표시된 사무실의 문을 열고 들어가니 불행 중 다행히도 영어로 우리를 반겨주는 말을 했고, 의사소통이 상당히 원활했다. 결론은 견인 전에 차를 이동시키면 아무 문제가 없다는 이야기였고, 안심한 우리는 감사의 인사를 건넨 후 그곳을 빠져나왔다.

사실 주차요금을 아끼기 위해 그곳에 주차한 것이 아닌데도 타국에서 이런 주차위반이나 견인 경고장을 받게 되니 더욱 규정을 준수하며 여행해야겠다고 다짐했다.

오후에 계획했던 일정을 취소하고 간단한 저녁 식사를 한 후 숙소로 돌아와 휴식을 취했다.

* 체코 하면 맥주라 했던가?

(2017년 7월 29일)

몇 년 전 여행을 통해 친해진 서울에 사는 선배 부부가 우리의 세계여행 계획을 듣고 휴가를 내어 중유럽에서 만나자는 제안을 했었다. 서둘러 체코(Czech Republic)로 가기 위해 짐을 꾸리고 그곳에서 같이 머물 두 개의 방이 있는 숙소를 Airbnb로 예약했다. 선배 부부를 만나서 같이 움직이기 편하게 숙소는 공항 근처로 정했다.

선배 부부와 함께한 필스너 맥주 공장 견학

공항에 도착하니 선배 부부가 반가운 얼굴로 우리를 맞아 주었고, 차 안에서 많은 이야기를 나누며 첫 여행지인 성 비투스 대성당(St. Vitus Cathedral, Katedrala sv. Vita)으로 향했다. 대성당의 야경을 감상하며 근처의 오래된 흑맥주 가게에 들러 함께 식사했다. 그리고 숙소로 돌아와 오랜만에 늦은 시간까지 이야기를 나누며 즐거운 시간을 보냈다. 그동안 한국말이 이토록 하고 싶었나 할

필스너 생맥주 시음장

정도로 밤새 수다를 이어갔다.

다음 날 이른 아침 아내가 예약해 놓은 체코의 필센(Pilsen)으로 향했다. 체코 하면 맥주라 했던가. 특히 체코의 유명한 맥주인 필스너 우르켈을 양조하는 공장 견학을 아내가 예약해 둔 것이다. 우리 일행은 1인당 10유로를 지불하고 맥주를 발효, 숙성시키는 과정을 견학했는데, 특별한 것이 없어 다소 비싸다는 생각이 든 순간, 그곳에서 시원한 맥주 한 잔씩을 주었다. 맥주를 마시니 이른 아침잠이 확 깨고 그 청량함과 풍미가 온몸을 감싸는데, 그때야 입장료가 전혀 아깝지 않다는 생각이 들었다. 근처 레스토랑으로 이동해 점심 식사를 즐긴 후 온천과 영화제로 유명한 카를로비바리(Karlovy Vary)로 자리를 옮겼다.

* 체코에서 독일로 가는 험난한 여정

(2017년 7월 29일)

아침에 프라하 숙소에서 여행을 시작할 때 우리의 목적지는 독일이었다. 최소 20kg의 가방 4개와 성인 4명을 싣고 에어컨을 틀고 이동하기에 연료를 미리 점검해야 했다. 아내를 포함하여 선배 부부를 책임지는 가이드 역할과 안전한 운전을 책임져야 하니 말이다.

필센을 나와 카를로비바리 방문을 마치고 독일로 가기 전 유류비가 다소 저렴한 곳에서 연료를 보충해야 했지만, 정신도 없이 우리의 차량은 국외 도로로 진입하고 있었다.

주유소가 금방 나타나리라 생각했지만, 뭔가 불안한 예감에 더운 여름임에도 불구하고

"우리 모두 동유럽의 시원한 바람을 맞아 봅시다."

하면서 에어컨을 끄고 창문을 모두 열었다. 반대쪽 차선에는 벌써 두 개의 주유소가 있는 것을 봤지만, 우리가 가는 방향에는 도무지 나타나지 않았다. 드디어 경고등이 표시되고 불법 유턴을 해야 하나 고민하던 중에 구글맵에

"주유소를 찾아 주세요."

라고 말하니 수다를 떨며 즐거워하던 일행들의 표정도 갑자기 어두워
졌다. 그전까지 나 혼자 엄청나게 긴장하고 있었는데….

5km 전방에 주유소가 있다는 안내에 모두 안심했고, 나는 혹시나 하는
마음에 속도를 줄여 긴장하며 운전했다. 순간의 방심이 이런 긴급 상황을
초래했으니 향후 일정에도 항상 연료 체크나 교통법규, 보험 등의 필수 사
항을 철저히 점검해야겠다고 다짐했다. 다행히 5km 되는 지점에 주유소
가 있었다.

급유를 마치고 독일의 베르넥(Werneck)으로 가는 길은 또 한 번의 고
통을 안겨 주었다. 내비게이션이 안내해 주는 도로와 현재 공사 중인 도로
가 겹친 것이다. 우회도로 설정이 안 돼 있어서 어렵게 숙소 근처에 다다
를 수는 있었지만, 정작 숙소 건물을 찾지 못해 당황했다. 거의 자정 가까
운 시간이라 마을 주변은 정적만이 가득한데, 우리를 태운 차의 엔진 소리
가 나는지 전화를 걸어온 호스트는 짜증스러운 목소리로 어디냐고 묻는
데, 내비게이션은

"Under road construction"

라고 말하는 통에 정말 정신이 없었다. 길 안내를 멈추고 'roading' 표
시만 떠 있는 것이 황당했다. 다른 주택의 초인종을 누르는 도중 윗동네에
서 윗옷을 벗고 슬리퍼 차림의 한 사내가 화를 내며 나와서는 우리가 가야
할 숙소를 손짓으로 알려주었다. 우리의 Airbnb 호스트였다. 물론 조용한

마을에서 시끄러운 차량 소리와 웅성거리는 소리에 민감했겠지만, 불친절한 응대에 조금 기분이 좋지 않았다. 우여곡절 끝에 기나긴 하루의 여정을 마치고 숙소에 도착하니 피곤했던지 바로 잠에 빠져들었다.

다음 날 아침, 베르넥 주위의 들판을 걸으면서 본 정경은 너무나 한가로웠다. 특히 넓디넓은 해바라기밭은 도시에서 생활하는 우리에게 많은 감흥을 자아내게 했다. 서로 여러 포즈를 취하며 사진 속에 추억을 담았다. 그리고 선배 부부에게 처음으로 앉고 돌아보라는 주문을 하여 동영상을 찍으며 즐거운 시간을 보냈다.

* 다시 독일에서

밤베르크(Bamberg) 뉘른베르크(Nurnberg) 로텐부르크(Rothenburg) 베르넥(Werneck)
다시 드레스덴(Dresden) 다시 베를린(Berlin) 브레멘(Bremen)
(2017년 7월 30일 ~ 8월 3일)

밤베르크(Bamberg)로 가는 여정을 시작했는데, 한적한 도로에서 어느 방향으로 가야 할지 몰라 잠시 정차 중인 우리에게 한 대의 차가 다가왔다. 아주머니 한 분이

"Where are you from? Where are you going now?"

하며 먼저 말을 걸어왔다. 친절하고 상냥한 말투에 우리의 목적지와 여행의 내용을 말해 주었다. 아마도 차량의 번호판을 보고 독일 현지 차가 아니라서 도움을 주고 싶었던 모양이다. 자세하게 길 안내를 해주려 노력하는 모습에 감사 인사를 여러 번 하게 되었다. 이틀 사이에 만난 불친절한 독일 남자와 상냥한 독일 여자는 우리에게 너무나도 다른 독일인의 온도 차이를 보여줬다. '역시 사람이 사는 곳은 다 같구나!' 하는 생각이 들었다. 밤베르크를 여행한 후 뉘른베르크(Nurnberg)에 도착하여 휴식을 취했다.

다음 날 뉘른베르크에서 출발하여 독일 바이에른주의 작은 마을인 로텐부르크(Rothenburg)를 관광했다. 일전에 영어학원에서 만난 총각이 이야기한 밤베르크-뉘른베르크-로텐부르크까지의 여정은 한 번 여행하고 싶은 코스였다. 고풍스러운 성과 관광지 주변의 상점 거리 등은 현대화된 독일 도시와는 사뭇 다른 색깔의 멋을 느끼게 해주었다.

베르넥의 해바라기밭

베르넥의 해바라기밭

밤베르크의 구시청사로 중세풍의 멋진 건축물

동행했던 선배 부부의 다정한 한때

다시 찾은 베를린장벽

브란덴브르크 문 앞에서

남부 문화, 정치, 공업의 중심지 드레스덴

독일 남부의 문화와 정치, 공업의 중심지인 드레스덴(Dresden)으로 가는 여정을 시작했다. 오래된 슈퍼호스트가 운영하는 Airbnb를 아내가 예약해 둔 상태였다. 도착한 곳에 자리한 숙소는 고풍스러운 저택으로 역사와 전통이 느껴졌다.

드레스덴의 호스트와 함께

하이델베르크 성에서

"추가비용을 내고 내일 아침 조식을 신청하시겠어요?"

우리는 별 기대를 하지 않고 고개를 끄덕이며 조식을 먹겠다고 말했다. 아침이 되어 식사가 준비된 식탁에 둘러앉았다. 여성 호스트가 내어 준 음식은 정갈하면서 깔끔한 맛이 과연 일품이었다. 여행하면서 맛있는 음식을 먹는 것은 여행하는 즐거움에 또 하나의 즐거움을 더하는 것과 같다. 다소 큰 체격의 여성 호스트는 요리 솜씨나 우리를 안내하는 모든 것에서 섬세했고, 행동과 표정에서 상냥함이 느껴졌다. 아마 누군가가 이곳 드레스덴을 찾게 된다면 꼭 이 숙소를 강력하게 추천해 주고 싶다는 생각이 들었다. 300년이 훌쩍 넘은 고택에서의 특별한 추억이 만들어진 날이었다.

브레멘 음악대

브레멘 동상과 아이들 가족

독일 북서부에 위치한 브레멘주의 주도인 브레멘(Bremen)을 찾았다. 나는 선배님과 야외광장에서 맥주를 마시고, 사모님과 아내는 아이 쇼핑을 나섰다. 한참 후 돌아와 이런 말을 했다.

"브레멘에 왔는데 '브레멘 음악대' 가 보이질 않네요."

음료와 맥주를 추가로 주문하려 일어서는데 건너편 광장에 있는 음악대 동상이 눈에 들어왔다. 전부터 계속 바라보고 있던 동상이었다. 관심이 없는 사물에는 그냥 지나치게 되는 게 사람 눈인가 보다. 아내의 브레멘 음악대의 이야기를 들으니, 음악대 동상이 눈에 보인 것이다. 당나귀, 개, 고양이, 닭이 있는 동상 옆으로 이동해 사진을 찍었다.

* 풍차의 나라 네덜란드

암스테르담(Amsterdam) 위트레흐트(Utrecht) 덴하흐(Den Haag)

(2017년 8월 4일 ~ 8월 8일)

암스테르담에서

독일을 떠나 네덜란드 암스테르담(Amsterdam)으로 차를 몰았다. 가장 먼저 도착한 곳은 암스테르담 시내 중심에 있는 반 고흐 미술관(Van

반 고흐 미술관 앞 잔디밭

하르 성 앞에서

잔서스칸스 풍차

Gogh Museum)이다. 미술관 관람을 마치고 바로 위트레흐트(Utrecht) 에 있는 박람회가 열리는 정원인 하르 성(Kasteel de Haar)으로 이동했 다. 성의 외곽으로 가보니 도로에서 말을 타고 지나가는 사람들을 여럿 볼 수 있어 중세의 느낌을 받았다. 이 도시는 네덜란드의 가장 중심이며 교통 의 요충지임에도 다소 한적하고 차분한 분위기를 자아냈다. 하지만 이내 구도심을 벗어나니 젊은 사람들을 많이 만날 수 있었다.

　일정을 마무리하고 찾아간 숙소는 현지인과 동양인 부부가 함께 운영하 는 Airbnb로, 한국인 투숙객인 우리를 아주 반갑고 친근하게 맞아 주었다.

　'백작가의 사유지'라고도 하며 네덜란드 정부가 소재해 있는 덴하흐

마우리츠하위스 미술관에서

(Den Haag)로 자리를 옮겼다. 우리에게는 영어식 이름인 헤이그(The Hague)로 알려진 곳이다. 실제로 미술관이 곳곳에 산재해 있어 많은 작품을 감상하는 좋은 기회가 되었다.

근처에 유명한 풍차 마을이 있어 돌아보기로 했다. 잔서스칸스(Zaanse Schans)를 찾았는데 이곳은 네덜란드어로 '잔 강(Zaan)의 보루' 라 불리

고, 과거 스페인 군대의 공격에 대비하기 위해 잔 강에 요새를 건설한 데서 유래된 이름이라고 한다.

최근 세계 각국은 저마다 탄소 배출을 줄이기 위해 노력하고 있다. 이 나라는 오래전부터 풍력 발전으로 친환경 에너지를 만들어 사용했다. 하지만 우리나라는 아직 갈 길이 멀었다는 생각이 들었다. 내가 사는 울산을 비롯해 제주나 해남 지역에 해양 풍력 발전을 시도하고 있지만, 아직 많은 양을 화석연료나 원자력 발전에 기대고 있는 게 현실이다.

전성기를 지나 쇠퇴의 길을 걷고 있는 미국 기업 제너럴 일렉트릭(GE)도 그간 운영했던 많은 사업을 뒤로하고 최근 풍력에너지에 투자하여 세계적으로 환영을 받고 있다. 이어 바이든 정부의 친환경 정책까지 뒷받침되어 제2의 도약을 앞두고 있다니, 우리도 이러한 시대적 사고의 전환이 절실히 필요하다 느꼈다.

헤이그 이준 열사 기념관

헤이그에 왔기에 한국인으로
서는 가보지 않을 수 없는 이준
열사 기념관(Yi Jun Peace
Museum)을 둘러보기로 했다.
유럽에 하나밖에 없는 항일 독립
운동 유적지인 만큼 꼭 방문하고
싶은 곳이었다. 대한제국 시절 고
종황제의 밀사로 만국평화회의에
파견된 이준 열사는 을사늑약의
무효와 대한제국의 독립을 세계
에 호소하려 했지만, 일본과 영국
의 방해로 뜻을 이루지 못하고 이
곳에서 1907년 병사했는데, 그를
기리기 위해 지은 기념관이다.

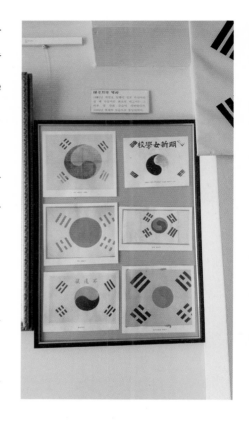

기념관을 빠져나와 우리 일행은 벨기에 몽스(Belgie Mons)로 향했다.
몽스엔 고풍스러운 성과 둘러보고픈 곳이 많았지만, 계속 내리는 비로 숙
소에서 휴식만 취했다.

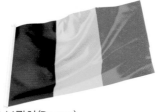

* 벨기에 브뤼셀

몽스(Mons) 브뤼셀(Bruxelles) 브뤼허(Brugge)

(2017년 8월 9일)

몽스를 떠나 벨기에의 수도인 브뤼셀(Bruxelles)로 이동했다.

지금은 큰 도시가 아니지만, 중세에는 유럽에서 가장 큰 도시였다는 브

뤼허(Brugge)로 가기 위해 출발

했다. 구시가지는 유네스코 세계

문화유산으로 지정되어 관광지로

인기가 높은데, 이곳을 '북부의

베네치아'라고도 부른다고 했다.

특히 아내가 브뤼허를 아름다운

도시라며 좋아했다.

브뤼셀과 브뤼허에서의 일정

은 생각보다 정신없이 진행되었

다. 한참을 관광하다 보니 갑자기

'아차'하는 생각이 들었다. 숙소

예약하는 것을 깜박한 것이다. 시

간은 밤 10시가 다 되었고, 예약

을 하기는 너무 늦은 시간이었다.

Hotel De Pauw

특이한 건축물 상가

개성있는 주택 건물들

하지만 어쩔 도리가 없이 당일 숙박할 곳을 찾기로 했다. 생각보다 쉽지 않았지만, 다행히 부킹이 가능한 호텔이 있어 주소를 확인하고 찾아갔다.

호텔 주인은 우리가 도착하자 첫인사로 인적이 드문곳에서 우리보고 빈방을 찾았기에 "Lucky guy!"라며 반겨주었다. 마침 한 팀이 예약을 취소하여 방이 비었다고 설명했다. 피곤한 몸을 이끌고 들어선 내부는 8개의 방이 있었고 엘리베이터가 없어 4층까지 짐을 들고 가야 했다. 늦은 밤 11시경이 되어 입실했다. 여기는 인적이 드문 곳이라 주인이 'Lucky guy'라고 한 것은 아닐까, 생각하기도 했다. 그러나 주인장도 빈방으로 있는 것 보다 객실을 채우는 것이 좋았기에 주인이 'Lucky Guy'라는 생각이 들었다.

* 프랑스 북부 칼레 항구 난민

(2017년 8월 10일)

영국 런던(London)으로 배를 타고 이동해야 했기에 벨기에를 떠나 프랑스 북부 칼레(Calais) 지역의 항구를 찾았다. 사전에 항구 부근에 있는 숙소를 예약했고, 그 주변에 차량을 반납하는 곳이 있어서 찾아갔다. 도착하니 차량을 인도받을 담당자가 보이지 않아 현지 경찰관의 도움을 받았다. 경찰관에게 우리의 상황을 말했더니 어디론가 전화를 걸어 한참을 통화했다. 통화를 마친 경찰관은 내일 정해진 시간에 여객터미널 주차장으로 오면 담당자가 와서 인수인계를 진행한다고 친절하게 설명해 주었다.

다음 날 숙소를 나와 어제 만난 친절한 경찰관이 설명해 준 항구 주차장에 도착하니 정해진 차고지가 있었다. 바로 시트로엥 렌탈 담당자와 만났고, 그 담당자는 우리가 이용한 차를 꼼꼼히 살펴보았다. 그리고는 특별한 문제가 없으면 도색을 진행한 후 바로 중고차로 판매한다고 설명해 주었다. 우리의 안전한 여행을 도와준 차는 곧 동양인 주인을 만날 예정이라고 했다. 그 후 시트로엥 직원이 주차장에서 항구 터미널까지 우리를 태워 주었다.

자동차 반납을 마무리하고 돌아오는 길에 뜻하지 않은 광경을 목격했다. 바로 열악한 환경에 '정글' 이라고도 불리는 칼레 난민 캠프였다. '프랑스 낭만의 도시 칼레에는 정글이 있다.' 라는 역설적 표현이 무엇을 말하는지 알 수 있었다. 어렵고 조심스럽게 사진을 한 장 찍었다. 난민이 화를

프랑스 칼레항 부근의 난민촌

낼 줄 알았는데, 검은 피부의 그들은 그저 힘없이 바라만 볼 뿐이었다. 서글픔과 애환이 느껴졌다. 한국전쟁 때 우리 부모님 세대의 북한 피난민들이 거제도에서 피난 생활을 했던 수용소의 느낌과 비슷하다는 생각이 들었다. 칼레 지역 주민들과 크고 작은 충돌이 발생한다고 한다. 프랑스 정부의 관심이 더욱 높아져야 하며, 전 인류가 함께하는 실질적 구호의 손길이 하루빨리 이들에게 닿기를 바랐다.

* 해가 지지 않는 나라 영국-아내의 어

도버(Dover) 크리스털 팰리스(Crystal Palace) 런던(Lonc ....ury)
(2017년 8월 11일 ~ 9월 1일)

도버해협을 건너며

영국 도버(Dover)해협을 건너는 여정이 시작되었다. 페리 탑승을 위해 짐을 정리하고 기다리는데, 영국 국적의 여성 심사관이 우리를 막았다. 여행객이라 질문에 답하면 무사히 통과할 줄 알았지만, 서류를 요구했다. 사실 입국과 출국에 관련된 서류는 캐리어 깊숙이 집어넣어 꺼내기가 힘든 상황이라 휴대폰을 꺼내 일정표 등을 보여줘도 통과가 힘들었다. 난민들이 여행객으로 위장하여 밀항을 시도하는 사례가 많다 보니 검문이 까다로워진 것이다. 다른 방법으로 설명하기 위해 휴대폰에 저장된 지난 여행

도버항의 화이트 클리프

사진과 영국에서 미국 솔트레이크로 출국하는 여정표를 제시하니 그제야
우리를 통과시켜 주었다. 10여 분 동안 심사관과 실랑이를 벌이고 무사히
탑승했지만, 오랜만에 듣는 영어가 의외로 반가웠고 그 덕에 거친 악센트
의 영국식 영어를 조금 연습해 보기도 했다.

영국을 향해 출항하는 배 안에서 멀어져 가는 프랑스를 바라보며 그동
안 구글맵을 이용해 운전하며 이곳저곳의 많은 유럽 도시를 여행했던 기
억이 떠올랐다. 커다란 페리가 2시간 남짓 항해하여 도버항에 도착했으니
생각보다 그리 멀지 않다는 생각이 들었다.

도버항에 도착하여 처음 마주한 것은 바로 백악기에 형성된 하얀 절벽,
화이트 클리프(White Cliffs)였다. 오랜만에 버스를 이용해 다음 장소로
이동했다.

런던 교통의 심장인 빅토리아 스테이션(Victoria Station)에 도착하여

홈스테이를 위해 예약한 숙소에 연락했지만, 일주일 전에 일정이 모두 취소가 되었다는 말을 듣게 되었다. 그래서 킹스 아카데미에서 운영하는 킹스 아파트 내에 차선책으로 마련해 둔 숙소로 들어가 하루를 마무리했다.

영국 어학연수

영국 런던을 찾은 것은 관광 목적도 있었지만, 관광보다 더 의미를 둔 것이 영어 어학연수였다. 아내는 버킷리스트의 하나로 영국 어학연수(language training)를 경험해 보길 원했고, 나 또한 함께해 본다면 좋은 기회가 될 거라 생각했다.

다음 날 오전, 아카데미를 통해 연락이 왔고 크리스털 팰리스(Crystal Palace) 클럭(Clock)에 위치한 홈스테이를 소개받아 찾아갔다. 젊은 나이에 볼리비아에서 영국으로 이주해 온 60대 여성이 우리를 반갑게 맞아 주

킹스아카데미 앞

었고, 깔끔한 3층 구조로 되어 있는 집에서 우리는 약 2주간을 머물렀다. 집주인은 남편이 수년 전 병사했고, 런던 시내에 떨어져 지내는 딸이 있으며, 본인의 이름은 안나이고 직업은 요양보호사라 설명해 주었다.

아카데미는 월요일부터 금요일까지 수업이 진행되는데, 우리보다 훨씬 젊은 친구들과 같은 반을 이루어 약 10~15명 정도가 함께 수업했다. 오전 수업 후 점심시간에 아내와 만나서 주변 음식점으로 가 식사를 해결하고, 오후 수업 후 귀가하면서 주변을 둘러보고 홈스테이 숙소로 돌아왔다. 매일 아침 식사는 안나가 만들어 주는 애플파이와 요구르트를 곁들인 것이었는데, 간단한 요리였지만 우리는 늘 맛있게 먹었다.

우리는 숙소 근처 레스토랑에 자주 들렀다. 배도 채우고 술도 마셨던 곳으로 커다란 모니터에는 매번 음악 프로그램이 방영되고 있었다. 큰 관심을 갖지 않았는데, 우리가 들어오면 '싸이'의 '강남스타일'을 틀어준다. 직원 한 명이 우리에게 이런 말을 전했다.

"이 밴드 그룹은 너희 나라 가수인데 우리에게는 정말 유명하다."

BTS 방탄소년단을 이야기한다. 우리나라 K-Pop의 위상을 느끼면서 즐거운 식사 시간을 가지곤 했다.

나는 사실 여행 중에 어학 공부를 한다는 것이 조금은 따분하고 지루할 것 같다는 생각이 있었다. 그래서 흥미를 느끼지 못했지만, 하루 경비를 생각했을 때 그다지 많은 추가 경비가 들지 않았기 때문에 아내와 같이 등

재미있던 수업 중 사진

록했다.

　수업은 교실을 이동하기도 하고 야외수업도 하면서 다채롭게 진행되었
다. 원하면 같은 등급에서 다른 반으로의 이동도 가능하게 허락해 주었다.
수업 중 특별히 기억에 남는 것이 있다. 알파벳 'S'로 시작하는 유명한 기
업 5개를 적어보라는 미션이 있었는데, 학생들 대부분이 제일 먼저
'Samsung'을 적어 뿌듯함과 자긍심을 느꼈다. 'Sony', 'Softbank' 등이
추가로 나왔지만, 많은 학생이 '삼성'이라는 기업을 제일 먼저 떠올렸다
는 것에 다시 한 번 놀랐다. 또 다른 경우는 서로에게 질문과 답을 하는 문
답식 수업이었다.

　"건강이 중요한데 그 이유는 무엇인가?"
　"왜 그렇게 생각하는가?"
　"그렇다면 어떻게 해야 하는가?"

등을 이야기하는 수업이었다. 서로 문답하면 담당 선생님은 뒤에서 듣다가 다음 주의 클래스 등급을 조정해 주었다.

이탈리아, 브라질, 러시아, 일본, 터키, 사우디아라비아 등 비영어권 학생이 많았는데, 그중 한국인이 가장 많았다. 아카데미는 비영어권 학생들이 대학 입학을 앞두고 중, 단기로 언어를 익히는 학원 같은 곳이었다. 하지만 그것과는 다르게 3개월째 수업을 받는 몽골 갑부(?) 부부가 특히 기억난다.

개인적인 생각으로 여행을 떠나기 전 울산 '파고다 어학원'에서의 공부가 더 도움이 되었던 것 같다. 아내는 수업 전후 예습과 복습을 잘하는 모범 학생의 자세를 보여 주었는데, 본인의 버킷리스트 실현에 즐거워했다. 모범생인 아내는 착실하고 열정적인 자세로 어학원 생활을 즐겼지만, 나는 흥미를 느끼지 못해 숙소에서 쉬기로 했다. 혼자만의 시간을 가지며 쉬고 있는데 담당 선생님으로부터 문자 한 통이 도착했다.

"왜 수업에 참석하지 않나요? 혹시 아픈 거예요?
무슨 문제인지 궁금해요?"
어떻게 할까 고민하다 이렇게 답장을 보냈다.
"개인적인 문제입니다."
시간이 조금 지나 메시지를 보니 답장이 도착해 있었다.
"개인적인 일로 결석하는 것은 환불 되지 않습니다."

공부하는 학교는 숙소에서 도보로 20분 정도로 그리 멀지 않은 곳에 있었다.

* 영국에서 보낸 혼자만의 힐링 타임

아내는 어학원으로, 나는 숙소 근처의 시골 마을로 각자 나름의 여행을 즐겼다. 나는 마을 여기저기를 다니기도 하고, 순환 버스를 이용해 주위를 둘러보기도 했다. 한적한 길을 걸을 때면 도심의 많은 사람과 혼잡한 교통으로부터 해방되는 느낌도 들었고, 무엇보다 많은 생각과 휴식을 취할 수 있어서 나에게는 천금과도 같은 시간이었다. 숙소로 돌아와 다음에 방문할 런던 타워, 런던 아이를 관람할 때 할인받는 방법을 찾아보고 회원가입과 예약을 마쳤다.(어떤 블로거는 2시간 동안 줄을 서서 기다려야 한다고 이야기했다. 끙끙대며 고생은 했지만, 어쨌든 예약은 완료했다.)

어학원 주위 공원의 여우

집주인과 대화의 장

주말 오전 집주인과 대화의 장이 열렸다. 향후 볼리비아 우유니 사막을 여행할 계획이 있어 그곳의 이야기를 더욱 관심 있게 들었다. 고향이 볼리비아인 집주인은 7년 전쯤 고향을 방문했을 때 겪은 불안한 치안에 관한 이야기를 늘어놓았다. 또 집으로 가는 길에 택시를 이용했는데, 본인은 물론이고 택시 운전사도 길을 헤매는 등 불편한 교통상황도 말해 주었다. 그러고는 가지 않는 게 어떻겠냐며 권유했다. 결국 이번 여행의 버킷리스트에서 우유니 사막 방문은 제외하기로 결정했다. 그런데 나중에 알게 되었는데, 다른 많은 여행객이 볼리비아 우유니 사막을 문제 없이 다녀왔다는 말을 들었다. 그 말을 들었을 때 너무 아쉬웠다.

주말을 맞아 집주인과 맛있는 음식과 함께 와인을 마셨다. 집 주인은

"불편한 점은 없습니까? 매일 조식을 챙겨 주지 못해 미안합니다."

라고 말했다. 우리가 일정을 마치고 갈 때 이곳에 대한 좋은 평가를 바란다는 의미일

호스트 안나와 함께 식사

수도 있겠지만, 표정과 말투에서 진심이 느껴졌다.

"우리도 편안하게 잘 지내고 있습니다."

여행에서 숙소가 어떻냐에 따라 좋은 여행이 되기도 하고 힘든 여행이 되기도 한다. 특히 집주인의 성향은 매우 중요하다. 그런 의미에서 볼리비아 출신의 집주인은 우리를 편안하게 해주었다.

혼자 런던 둘러보기

홈스테이를 이어가며 동시에 아내는 어학연수를 진행했다. 나는 혼자 시간을 보내려니 지루함이 느껴져 머리도 식힐 겸 런던 시내 투어를 했다. 아내가 수업을 마치는 시간에 돌아올 계획으로 일정을 조율했다. 지하철(Underground)을 타고 런던 미술관(The National Gallery)을 방문한 다음 차이나타운(Chinatown)에 들렀다. 다시 많은 관광객이 북적이며 다양한 의류매장과 먹거리가 가득한 상점이 많은 소호 거리(Soho St)도 둘러보았다.

그리니치 공원에 있는 그리니치 천문대(Royal Observatory Greenwich) 관람도 했다. 그리니치 천문대는 1675년 영국 왕 찰스 2세 시절 런던 남동쪽 그리니치에 항해용으로 건립했다. 처음 관측 업무를 수행해 오다 1767년 그리니치 경도의 시간을 기준으로 항해력을 발행하기도 했다. 그리고 1884년 그리니치 자오선이 본초 자오선과 국제 시간대의 시작점으로 채택되었다. 1990년 케임브리지 대학의 천문학 연구소로 옮겨왔으며, 현재는 공식적으로 업무를 진행하지 않는다고 한다.

이어서 오래전부터 방치된 발전소를 리모델링하여 만들었다는 테이트 모던 박물관(Tate Modern Museum)을 찾았다. 현대미술과 실험미술로 구성된 이곳은

그리니치 천문대 입구

발전소용으로 사용하던 굴뚝을 그대로 사용한 건물이라 자체만으로도 특이함을 자아냈다.

런던의 사우스켄싱턴에 있는 미술관, 빅토리아 앨버트 박물관(Victoria and Albert Museum)에서 밀레니엄 브리지(영어: Millennium Bridge)까지 걸어 다니며 여행을 이어 갔다.

아내의 어학연수 종료

런던의 이모저모를 둘러보는 동안 드디어 아내의 어학연수가 종료되었다. 수업을 마무리한 아내가 수료증을 내밀었다. 대견하면서 한편으로 부럽기도 했지만, 나도 그에 못지않은 좋은 시간을 보냈기에 위안이 되었다.

아내의 어학원 수료증

수업 방식에 적응이 힘들어 중도 하차했지만, 그 대신 나만의 휴식 시간을 갖게 된 셈이다.

어학연수를 마친 아내는 유대감과 사회성이 나보다는 확실히 한 수 위라는 생각이 들었다. 수업 내내 함께한 대만과 러시아 국적의 젊은 학생과 친한 친구가 되어 초콜릿과 엽서를 선물로 받았다. 그리고 명품으로 치장한 몽골 부부도 10주 이상 중간반에 머물며 재미있게 연수를 이어간다고 했다.

정들었던 대만, 이탈이아, 러시아 친구들이 준 선물

* 다시 아내와 함께 영국 둘러보기

영어 어학연수를 마친 아내와 함께 템스강 북쪽 기슭에 있는 유서 깊은 성이자 궁전인 런던탑(Tower of London)을 방문했다. 유네스코 세계 문화유산에 등록된 런던탑은 영국 왕실의 역사가 고스란히 담겨 있는 곳이다. 왕실의 권력 암투로 인해 피의 역사를 간직한 곳이라 할 수 있다.

권력의 무상함을 느끼며 타워브리지로 이동했다. 타워브리지는 템스강을 건너는 다리로 런던탑 근처에 있기에 이러한 이름이 붙여졌다고 한다. 템스강은 19세기 영국에서 시작된 산업혁명의 주요 무대여서 하루에 수백 척의 배가 템스강을 오갔다고 한다. 하지만 조수간만의 차가 6m 이상이어서 배들이 쉽게 통과하지 못했다. 그것을 해결하기 위해 1894년 개폐식 다리인 타워브리지를 완공했다. 총길이가 250m, 다리 하나의 무게

영국 런던탑에서 보는 타워브리지

만 해도 1,000t 가까이 되며, 들어 올리는 데에만 1분 30초 정도가 걸린
다. 다리가 올라갈 때는 중앙이 위로 올라가며 팔(八)자 모양이 된다. 현
재는 다리가 올라가는 횟수가 예전보다 많이 줄어 일주일에 2번 정도라고
한다.

런던탑과 타워브리지를 둘러보고 숙소로 돌아와 짐을 꾸렸다. 홈스테
이의 마지막 날이기 때문이다. 그동안 많은 정이 들었던 호스트와 인사를
나누기 위해 근처 레스토랑에 가서 식사를 같이하며 아쉬움을 달랬다.

우리는 편안했던 숙소를 막상 떠난다 생각하니 조금은 아쉬웠다. 그래
도 우리의 여정은 계속되어야 하니 섭섭한 마음에 사진을 한 장 남기고 짐
을 챙겼다. 다음 숙소는 미국의 '맘스스프링 호텔' 이었는데, 9월 4일 부킹
으로 일주일 정도 시간 여유가 있어 런던을 더 둘러보기로 했다.

2주간 머물렀던 홈스테이를 떠나며

　패딩턴 역에 도착하여 숙소에 짐을 간단히 정리한 후 저녁을 먹기 위해 역사 뒤편으로 나갔다. 근처에는 많은 음식점이 즐비했다. 아내의 어학연수 수료를 축하하는 의미로 맛있는 음식을 먹기로 하고 의기양양하게 찾아 나섰다. 로터리 근처에 그럴듯한 스테이크 가게가 있었는데, 가격표를 보니 너무나 비쌌다. 순간 나는 다른 곳으로 발길을 돌려 인도식 음식을 파는 골목으로 향했고, 더 걷다 보니 중국, 태국 음식 등을 파는 식당들이 대부분이었다.

　20여 분 정도 걸으니 아내가 크게 화를 냈다.

　"축하 식사를 한다더니 배를 곯리네."

미리 예약한 런던아이에서 바라본 런던 시내

　홈스테이 비용으로 15일 동안 개인당 150만 원에 +@면 하루에 지출하는 비용이 상당해 식비를 줄일 생각이었다. 아내는 시장기도 있는데 많이 걸어서 화가 났는지 말을 걸어도 대꾸하지 않았다. 할 수 없이 스테이크 가게로 발길을 다시 돌려 테이블에 앉아 칼질을 시작했다.

　"음식 비용과 맥주, 그리고 서비스 비용을 지불하고 나면 경비가
　문제가 될 수 있어."

애비로드 걸어보기

비틀스 애비로드 스튜디오

　라고 이야기하니 그제야 말을 하기 시작했다. 하루 경비의 이해인지,
배고픔의 해갈인지, 맥주의 시원한 맛 때문인지, 우리는 언제 그랬냐는 듯
즐거운 식사를 이어갔다. 물가가 비싼 영국을 제외하고는 한 달에 한두 번
은 스테이크를 먹기로 약속했다.

스톤헨지 앞에서

식사를 마친 후 전에 예약해 둔 대형 관람차 런던 아이(London Eye)
에 탑승해 템스강과 런던 시내를 한눈에 내려다보았다. 한쪽에는 당일에
표를 사서 입장하는 사람들로 긴 줄이 이어졌는데, 2시간 정도 소요되는
듯 보였다. 예약을 미리 해 시간을 절약한 나의 능력을 아내에게 은근히
과시했다.

"나이는 비록 아날로그지만, 정신은 디지털이야."

다음으로 우리의 버킷리스트 중 하나를 찾아 애비 로드 스튜디오
(Abbey Road Studio)로 이동했다. 애비 로드 스튜디오(Abbey Road
Studio)는 1931년에 설립되었으며 비틀즈, 클리프 리처드, 핑크 플로이
드 등 유명 가수들이 이곳에서 녹음했다고 한다.

패딩턴 역을 출발해 세인트존스우드 역에 내려 10분가량 걸어 비틀즈
의 앨범으로 유명한 횡단보도를 찾아 사진을 남겼다. 많은 관광객이 붐비

는 도로에 차량이 오고 가는데도 촬영을 위해서 기다리면서 웃음을 보여주는 운전자들이 많았다. 여유 있게 즐기고 사진을 찍을 수 있게 배려해주는 듯해 기분이 좋았다.

* 웨일즈와 스코틀랜드

웨일스의 수도 카디프

영국을 구성하는 국가는 잉글랜드, 스코틀랜드, 웨일즈, 북아일랜드 총 4개국이다. 그중 하나인 웨일즈의 수도이자 가장 많은 인구가 사는 도시인 카디프(Cardiff)를 여행했다. 시내 중심부에 있는 카디프 성(Cardiff Castle)을 찾아갔는데, 오랜 고성인 만큼 그 시대의 건축 양식이 돋보였다. 로마인이 세운 성채에 12~4세기 때 노르만인들이 성채를 다시 세우고 1866년 건축가들이 복원 후 훗날 화려한 내부장식을 가미했다고 한

웨일즈의 수도, 카디프성

다. 비치된 설명 안내문과 함께 성 곳곳을 꼼꼼히 둘러볼 수 있었고, 성벽 주변을 산책하며 여유로운 시간을 보내기도 참 좋았다.

리버풀의 비틀즈 기념관

웨일즈

를 여행한 후 북서부 머지사이드주 리버풀(Liverpool)로 이동해 비틀즈 기념관(The Beatles Story)을 관람하고 근처에 있는 비틀즈 동상과 기념 촬영을 했다. 이곳에서도 관광객 여러 명이 시끄러운 소리를 내며 동상 주변을 휘감고 10여 분을 독차지하고 있었다. 안하무인인 사람들로 인해 좋았던 기분이 흔들리기 시작했다. 우리나라의 기본예절은 세계 최고이고, 그런 동방예의지국의 후손임을 다시 한 번 느끼며 이곳을 떠났다.

리버풀, 비틀즈 동상 앞에서

영국 여행의 마지막 스코틀랜드

 기차를 타고 스코틀랜드(Scotland)로 넘어와 수도 에든버러 (Edinburgh) 올드타운에 도착했다. 다른 도시와는 사뭇 다른 시티 투어를 시작했다. 시내를 10분 정도 지나니 넓은 잔디 위에 축구장이 보였고, 간간이 자리한 건물들은 나지막했다. 공원에는 일광욕을 즐기는 사람들도 눈에 들어왔고, 맑은 하늘에 공기 또한 깨끗하다는 걸 느낄 수 있었다. 산업혁명 때 스모그로 인해 호흡기질환이나 구루병이 만연해 고생한 나라인 만큼 환경에 신경을 많이 쓰고 있는 것처럼 보였다.

 아침이 밝아 숙소 관계자가 추천해 준 칼튼 힐(Calton Hill)에 올랐다. 공기는 너무 깨끗했고 파란 하늘에 매료되어 우리 부부는 10여 분간 멍을 때렸다. 상쾌한 아침 바다의 내음이 참 좋았다. 정상을 오르니 반대쪽으로

야간에 에든버러 역전에서 바라본 고성

야간에 생맥주와 음악을 즐기는 사람들

미완성 내셔널 모뉴멘트리

에든버러 역전에서의 흑맥주 한 잔씩

에든버러 시내 전경을 볼 수 있었다.

칼튼 힐에는 미완성 건축물인 내셔널 모뉴먼트(National Monument)가 있는데, 나폴레옹 전쟁 당시 전사한 스코틀랜드 희생자를 기리는 기념물이다. 그리스 신전 모양으로 1822년 지어졌으나 재정상의 문제로 현재까지도 미완성 상태라니 의아했다.

North America

*솔트레이크시티에서 미국 여행 시작

미국 여행 경로: 솔트레이크시티(Salt Lake City) 와이오밍주(State of Wyoming)

애리조나주(State of Arizona) 세도나(Sedona) 네바다주(State of Nevada)

캘리포니아주(State of California) 샌타마리아(Santa Maria) 로스앤젤레스(Los Angeles)

샌디에이고(San Diego)

(2017년 9월 2일 ~ 9월 16일)

9월 2일, 맨체스터로 이동한 후 시내 구경에 나섰다. 시내를 둘러보고 히드로 공항(Heathrow Airport)에서 다시 먼 비행을 준비했다. 10시간 33분, 7,811km를 비행해 아메리카 대륙에 도착했다.

첫 도착지는 미국 서부 유타주에 있는 솔트레이크시티(Salt Lake City)였다. 공항에 도착한 우리 부부는 먼저 렌트카(Thrifty Car Rental) 회사로 갔다. 이곳의 서쪽은 사

맨체스터에서 히드로까지 철도표

막이 이어지는 불모지이고, 동쪽은 위새치산맥이 이어져 평균 고도는 1,320m이기에 승합차를 빌렸다. 그런 후 예약한 숙소에 들어가 잠시 휴식하고 나와 시내 투어를 즐겼다.

다음 날, 긴 비행의 피로를 풀고 버킷리스트의 한 항목을 찾아 자동차

드디어 도착한 미국, 옐로우스톤 가는 길

의 시동을 걸었다. 미국 와이오밍주 북서부, 몬태나주 남부와 아이다호주 동부에 걸쳐 있는 미국 최대, 세계 최초의 국립공원 옐로스톤 국립공원(Yellowstone National Park)으로 방향을 잡았다. 먼저 숙소 이름을 구글 맵에 입력했다. 여행을 준비할 때 아들이 인터넷을 통해 예약해 두었던 옐로스톤공원 안

미대륙 렌트카 영수증

에 있는 맘모스 핫 스프링스(Mammoth Hot Springs) 숙소로 향했다.

우리를 반긴 호텔은 4층 건물에 친환경적인 모습을 자랑했다. 공용 샤워와 공용 화장실을 이용해야 했고, 1층의 로비에서만 와이파이가 잡히는 숙소였다. 2박 하는데 216달러로, 가성비는 최고였지만 샤워, 와이파이 문제로 불편한 점이 많았다.

맘모스 핫 스프링 호텔 앞 엘크

　바로 짐을 정리하고 저녁 식사를 위해 레스토랑으로 갔더니, 저마다 다른 피부색을 지닌 다양한 국적의 관광객들이 줄을 서서 기다리고 있었다. 우리도 그 뒤에 줄을 서서 잠시 기다린 끝에 맛있는 식사를 했다.

　산책하고 있는데, 엘크 또는 와피티(elk 또는 wapiti)라 불리는 사슴 다섯 마리가 풀을 뜯다가 우리를 멍하니 바라보았다. '우리가 이곳의 주인인데 너희는 어디서 온 누구냐'고 묻는 듯했다. 자연 그대로의 생태계와 인간의 삶을 조화롭게 꾸민 것을 보고 천혜의 자원을 잘 보호하고 있다는 생각에 부러움이 가득 밀려왔다. 아내의 버킷리스트 중의 하나가 실현되는 중이었다.

　다음 날 아침 일찍 일어나 간헐천을 보기 위해 이동하다가 석회석 재질의 층층 계단식으로 퇴적된 모습을 보았는데 너무도 경이로웠다. 관광객들이 가장 많이 찾는 간헐천 중 하나인 올드 페이스풀 간헐천(Old Faithful Geyser)을 보기 위해 발걸음을 서둘렀다. 평균 65분 간격으로

유명한 올드 페이스풀 간헐천을 보기 위해 모인 사람들　　드디어 분출하는 올드 페이스풀 간헐천

폭발음과 함께 물보라와 열기를 뿜어내는데, 물기둥 높이가 30~60m에 달하여 장관을 이루었다. 옐로스톤의 뜻을 알 수 있겠다. 곳곳에서 풍겨나오는 유황 냄새가 심한 곳도 있었다. 돌의 침착이 적색에서 황갈색으로 착색된 곳을 자주 볼 수 있었다.

관광을 마치고 다시 그랜드티턴 국립공원의 넓은 광야를 질주했다. 차를 운전하면서 지나치는 들판에는 야생동물이 많았는데, 한적하면서도 평화롭게 보였다.

석회석으로 쌓인 계단식 퇴적물

옐로우스톤의 야생 바이슨들

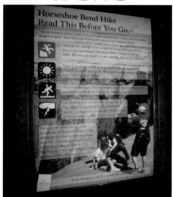

호스 슈 협곡 입구의 주차장에 있는 안내문

그랜드티턴 국립공원에서 볼 수 있는 동물들

그랜드 티턴의 넓디넓은 평원

다음 목적지로 이동하기 위해 솔트레이크시티의 숙소로 향했다. 미국 내 도로에서 구글맵은 남은 거리가 마일(mile)로 표시되는데, 사실 우리나라에서는 고속도로를 주행하다 간간이 가속하면 남은 시간이 조금씩 줄어든다. 하지만 이곳 사정은 전혀 달랐다. 망망한 지평선을 달리다 가끔 속도를 내어 주행해도 도착 예상 시간은 줄지 않았다. 긴긴 시간을 달려 시내에 다시 들어와 숙소에 도착했다. 잠시 휴식하고 근처 햄버거 가게에 들러 저녁 식사를 즐겼다.

* 애리조나주를 달리며

그랜드 캐니언 국립공원

그랜드 캐니언에서 뛰어보기

아내와 나는 남쪽으로 차를 몰아 미국 애리조나주 북부에 있는 대협곡(大峽谷), 그랜드 캐니언 국립공원(Grand Canyon National Park)으로 향했다. 그랜드 캐니언의 전망대를 관람하고 남쪽 가장자리로 불리는 사우스림(South Rim)에서 1시간 정도 산책을 즐겼다. 이후 콜로라도강을 가장 잘 볼 수 있는 명승지라고 알려진 데저트 뷰(Desert View)에 올랐다. 이곳 포인트가 너무 좋아서일까? 시간을 많이 허비하여 그토록 원하던 말굽 협곡(Horseshoe Bend) 관람은 다음을 기약할 수밖에 없어 아쉬웠다. 곧바로 갈 수 있는 도로가 있는 줄 알았지만 왔던 길을 되돌아가 89번 도로를 타고 올라가야 했기에 포기해야만 했다. 시간이 늦어 버킷리스트 중 하나인 말굽 협곡은 못보고 숙소로 돌아 와야만 했다.

아쉬움을 뒤로한 채 주위를 살피는데, 몇몇 사람들이 카메라로 하늘을 촬영하는 것이 보였다. 우리도 그들이 찍는 곳을 바라보니 서서히 어두워지는 밤하늘의 별이 너무나도 아름다워 잠시 감상하는 시간을 가졌다. 주변 차량의 불빛이 점점 꺼지고 사람들의 말소리가 줄어들어 고요한 상태가 되니, 마치 신이 우리에게 깜짝 선물을 주는 듯한 기분이 들었다. 은하수와 별들은 보석과 같아 보였고, 덕유산 무주 구천동(茂朱 九千洞)에서 본 아름다웠던 밤하늘과 대비되는 느낌이었다. 선물이 되어준 별을 바라보며 다시 한 번 가 보지 않은 길에 감사함을 되새기며 하루의 여행을 마무리했다.

명상의 도시 세도나

한때 어느 정치인이 대선에서 낙마한 후 재충전의 기를 받기 위해 방문했다는 미국 애리조나주 명상의 도시 세도나(Sedona)로 향했다. 숙소에서 출발하여 남쪽으로 가는 여정은 험난함의 연속이었다. 급경사를 자주

명상의 세도나

만나는 도로는 마치 인디언 산신령이 살아 숨 쉬는 듯 우리를 긴장하게 만들기에 충분했다.

NASA에서는 비행사의 치료를 위해 지구 파장을 이용한다고 하는데, 강력한 파장이 분출되는 지역을 볼텍스(Vortex)라 부른다고 한다. 지구에 21곳이 있는데, 세도나에 4곳의 볼텍스가 있다. 박찬호 선수가 다저스 시절 슬럼프를 이곳에서 극복했다는 말도 있다. 그러다 보니 영적인 에너지가 충만하여 신흥종교, 혹은 사이비교가 많다고 한다.

세도나에서 기(?)를 충전한 후 차량을 계속 몰아 국도를 이용하여 애리조나주와 네바다주 경계에 있는 콘크리트 중력식 아치 댐인 후버 댐(Hoover Dam) 관광을 이어 갔다. 콜로라도강을 이용하여 만든 후버댐의 과학적 구조와 물의 양, 수력 발전력을 직접 확인해 보니 웅대하고 웅장했다. 후버댐은 콜로라도강 중류의 그랜드 캐니언 하류, 블랙 캐니언에 있는 높이 221m, 길이 411m의 중력식 아치 댐이다. 이 댐이 완성되자 길이

세도나의 기를 받아보자 화이팅!!

후버댐의 웅장함

185km의 인공호수 미드호(Lake Mead)가 생기게 됐다. 프랭클린 D. 루스벨트 대통령은 1935년 9월 30일 후버 댐의 준공을 선언하였는데, 당시에는 세계 최대 규모의 전기설비이자 세계 최대 규모의 콘크리트 건축물이었다고 한다.

후버댐 관광을 마친 우리 부부는 교대로 차를 몰아 라스베이거스(Las Vegas)를 우회하여 네바다주(State of Nevada)에 진입하였고, 곧이어 데스 밸리 국립공원(Death Valley National Park)에 도착했다. 데스 밸리는 죽음의 골짜기를 의미하며, 지구에서 가장 더운 곳 가운데 하나이다. 날씨는 건조하며 서반구에서 고도가 가장 낮은 지점도 이곳에 있다.

데스 밸리는 250km나 되는 엄청나게 광활한 계곡이다. 협곡과 산맥이 조화로운 이곳에서 태곳적 순수함을 감상할 수 있었다.

* 네바다주 요세미티 국립공원에서

데스 밸리 국립공원에서 요세미티 국립공원(Yosemite National Park)으로 이동했다. 요세미티 국립공원 내에 자리하고 있는 숙소인 하우스 키핑 캠프에 들어가기 위해 침낭을 빌렸다. 저녁 식사를 마치니 해가 저물고 있었고, 우리 텐트 옆에서 다른 관광객들이 캠프파이어를 준비하고 있었다. 쌀쌀한 기운이 들어 숙소에 들어가니 다소 시끄러운 소리에 어수선하여 일찍 잠을 청했다. 기온이 많이 떨어졌는지 우리 부부는 똑같이

요세미티의 멋진 산세 풍경

요세미티에서 만난 친절한 노부부

겉옷까지 걸치고 잠을 잤다.

다음 날 아침, 일찍 잠에서 깬 우리는 서로의 컨디션을 점검했다. 잠자리가 조금 불편했기 때문이다. 아니나 다를까 기온이 많이 떨어져 텐트촌이 철수한다는 이야기도 들렸다.

'요세미티가 대단하구나.' 라는 생각을 하며 짐을 꾸려 나와 침구류를 반납하고 잠시 근처를 둘러보는데 곳곳에 잘린 나무가 잔뜩 쌓여있었다. '우리나라 숭례문이 화재로 소실된 후 복원할 때 금강송이 부족했다는데, 이 나무들을 사용했으면 어떨까?' 하는 생각이 들었다. (나무의 강도 및 재질이 물러 안되겠지만...)

다음 계획은 젊은 관광객이 선호하는 서부 해안 도시를 일주하는 노정이다. 출발을 앞두고 정리한 짐을 차에 실어둔 후 굳이 서두를 것이 없던 우리는 잠시 산책을 즐겼다. 요세미티는 우리를 그냥 보내려 하지 않는 듯

요세미티 공원 안에 있는 하우스키핑 캠프

했다. 걸으면서 느껴지는 상쾌한 공기와 빼곡히 솟은 아름드리나무들은 우리의 눈을 살며시 감게 만들었고, 다시 눈을 떴을 때 멀리 보이는 공원

은 한 폭의 그림과도 같았다. '하루만 더 이곳에서 머물면 어떨까?' 서로 같은 마음이었을까 우리는 가까운 숙소를 찾았다.

요세미티 폭포를 손에 담으며

그러던 중 마주한 부부 관광객에게 도움을 요청하니, 친절하게 콘도 형식의 호텔이 있다는 이야기를 들려주었다. LA에서 온 이 부부는 1년에 한 번은 꼭 '디 아와니(The Ahwahnee)'라는 호텔에서 휴가를 즐긴다고 했다. 우리는 근처의 'Curry Village'라는 산장 형태의 숙소(에어컨이 나오는 우리나라의 방갈로 형태)에서 하루를 더 보내기로 하고 편안한 마음으로 요세미티를 관광했다. 요세미티 폭포에 다가가니 역시나 많은 관광객이 경치를 즐기면서 사진 찍기에 여념이 없었다. 주변을 둘러보니 역시 이곳도 동양인은 우리 부부만 있었다. 시원한 폭포 소리와 함께 산세에 들어가 있는 동안은 한국에서의 지난 모든 시간은 잊은 채 요새미티만을 즐겼다.

관광을 마치고 숙소로 돌아오자 어제의 조금은 불편했던 텐트와는 다르게 따뜻함과 아늑함이 제일 먼저 느껴졌다. 샤워를 마치고 요세미티에서 찍은 사진을 잠시 감상하는 동안 우리나라의 한라산과 설악산이 갑자기 오버랩되었다. 그 산이 가지고 있는 나름의 산세는 저마다 각기 다른 매력으로 우리에게 다가오는 듯했다. 그러고 보니 애플의 맥북 배경 화면이 요세미티를 찍은 사진인 것 같아 찾아보기도 했다.

요세미티 커리 빌리지에서 늦잠을 자고 로우어 요세미티 폴 트레일(Lower Yosemite Fall Trail)을 향해 걸어갔다. 관광객 무리가

잭슨 타워 스퀘어의 녹각 조형물

사진 찍는 포인트를 오랜 시간 잡고 있어서 그 그룹 후방에서 요세미티 폭포를 사진으로 담았다.

* 캘리포니아 샌타바버라와 샌디에이고

우리는 차를 이끌고 캘리포니아주 남서부로 이동하여 '서부 최고의 바비큐 도시'라 불리는 샌타마리아(Santa Maria)를 향해 가며 해안 도시를 관광했다. 그다음에 샌타바버라(Santa Barbara) 지역으로 이동했다. 샌타바버라는 로스앤젤레스에서 북서쪽으로 128km 떨어져 있다. 많은 위락시설을 갖춘 휴양지이자 주택도시이며, 항공우주 연구개발의 중심지로 인공위성 발사기지와 공군기지가 있다. 샌타바버라 피시 하우스(Sant

Barbara Fish House)에서 식사를 한 후 요트 선착장으로 갔다. 젊은이 둘이서 낚시를 즐기고 있는 것을 보고 고기를 잡았느냐고 물어보니 잡은 물고기를 들고 자랑을 했다. 산타모니카를 경유해서 로스앤젤레스(Los Angeles)로 갔다. 숙소는 Airbnb를 이용해 예약한 호텔이었는데, 주변 환경도 그렇고 방 안에는 바퀴벌레도 보여 열악한 상태였다.

캘리포니아에는 우리가 선택할 수 있는 많은 해변이 있었는데, 롱 비치(Long Beach) 인근의 주니페로 비치(Junipero Beach)를 찾았다. 멋진 모래사장으로 드라이브나 도보로 걷기에 손색이 없었다. 이른 시간이라 관광객이 많지 않아 더욱 여유롭게 해변을 즐겼다. 조금 늦은 점심을 먹은 후 더 남쪽 샌디에이고로 차를 몰았다. 샌디에이고(San Diego)로 가는 길은 해안 도로를 택했다. 샌디에이고는 캘리포니아주 남쪽에 있는 항구 도시로서 쾌적한 기후 덕분에 미국의 대표적인 휴양 도시로 알려져 있다.

1542년 포르투갈 사람이 이곳에 상륙했는데, 그날이 프란시스코의 수도사 '성 디에고의 날'이라, 그의 이름을 따서 지명을 붙였다고 전해진다.

샌디에이고를 여행하고 다시 숙소로 복귀하는 동안 오고 가는 해안 길에는 다양한 고급 자동차와 명품가게가 넘쳐났고, 별장으로 보이는 집들은 화려함의 끝을 보여 주었다. 숙소를 빠져나와 차를 반납하러 출발했다.

샌타바버라 해변에서 잡은 물고기를 자랑하는 청년

'thrifty car rental'이라는 회사의 차량을 빌렸는데, 공항 주변 렌탈 터미널에 반납한 후 캐나다로 가기 위해 무료 셔틀버스를 타고 공항으로 이동했다.

* 밴쿠버를 시작으로 캐나다 여행

캐나다 여행 경로: 밴쿠버(Vancouver) 옐로나이프(Yellowknife) 다시 밴쿠버(Vancouver)

카나나스키스(Kananaskis) 토론토(Toronto) 오타와(Ottawa) 몬트리올(Montreal)

다시 토론토(Toronto)

(2017년 9월 16일 ~ 10월 3일)

로스앤젤레스 국제공항(Los Angeles International Airport)에서 출발

해 3시간여를 날아 우리를 태운 비행기는 북아메리카 대륙에 위치한 캐나다(Canada)의 밴쿠버 국제공항(Vancouver International Airport)에 도착했다.

캐나다 리치몬드의 Steveston Harbor

예약한 숙소는 중국인이 운영하는 Airbnb 였고, 짐을 정리한 뒤 출출함을 느껴 저녁 식사를 위해 항구 근처로 갔다. 괜찮은 스시 레스토랑이 있어 들어갔더니 이곳의 주인도 중국인이었다. 주문을 받기 위해 다가온 여종업원은 대만 출신이라고 했다. 정말이지 중국계 사람이 많았다. 여종업원과 잠시 이야기를 나누었는데, K-Pop 등 한국에 대한 이미지가 너무 좋아 금세 서로 친해졌다. 식사를 마칠 무렵 택시를 부르려고 하니, 여종업원이 식당 일을 마칠 시간이 다 되었으며 자기 집도 우리와 같은 방향이라 태워다 주겠다고 했다. 그 호의가 정말 고마워 팁을 조금 더 얹어 주었다.

우리 부부의 버킷리스트의 하나 오로라 보기

이른 아침, 잠에서 깨어나 짐을 꾸렸다. 오로라 관찰은 동계와 하계로 나눌 수가 있는데, 하계 오로라가 잘 보이는 대표적인 곳이 옐로우나이프(Yellowknife)다.

우리 부부의 버킷리스트의 하나인 오로라(aurora)를 만나기 위한 일정이 시작되었다. 밴쿠버 공항을 떠나 에드먼턴 국제공항을 경유하여 최종 목적지인 옐로우나이프 공항(Yellowknife Airport)에 도착했다.

옐로우나이프는 인구가 적은 도시로 예전에 금광이 발견되었다고 한다. 극지방 곳곳에서 오로라가 관측되지만, 이곳은 60%의 높은 확률로 오로라를 볼 수 있기에 많은 관광객이 찾는 도시로 변모했다. 우리 부부도 오로라 헌팅을 위해 길을 나섰다

오로라를 그냥 눈으로 보면 하얀 연기처럼 뿌연 구름 같은 것으로 보인다. 그렇게 보이는 것을 감도 조절을 하여 사진 촬영을 하면 오로라 색깔로 찍힌다. 오로라 투어를 시작하는 날, 버스 안에서 여자

티피 텐트내부

가이드가 오로라 투어의 일정을 안내하면서 핸드폰으로 오로나 촬영 노출 감도에 관해 설명해 주었다.

가이드의 말을 듣고 숙소 화장실로 들어가 불을 끄고 핸드폰으로 오로라를 촬영하는 연습(적정 감도 설정)을 했다. 밤 10시경에 셔틀

돌과 나뭇가지를 삼각대 삼아 찍은 우리 부부와 오로라

버스를 타고 오로라 빌리지로 갔고 티피란 텐트촌에 머물며 커피를 마셨다. 그리고 새벽 1시경 마침내 황홀한 오로라를 볼 수 있었다. 사진으로만 보고, 말로만 전해 들은 오로라를 실제로 보니 말로 다 표현할 수 없는 감흥이 밀려왔다.

마치 오로라가 춤을 추는 듯했고, 우리는 넋을 잃은 채 오로라 댄싱을 감상했다. 연초록의 드레스를 입고 춤을 추는 여인의 실루엣과 같은 형상을 그저 멍하니 바라보기만 할 뿐이었다. 세상에서 제일 큰 도화지에 그림을 그린 듯한, 우주가 만들어 낸 쇼, 자연이 인간에게 주는, 결코 인간은 흉내조차 낼 수 없는 풍경에 순간 전류에 감전당한 듯한 짜릿한 감동이 온몸으로 퍼졌다. 그 느낌은 그 후로도 오랫동안 지속적인 감흥으로 남았다. 정말 너무나 멋진 빛의 향연을 보여 준 하늘에 절로 "감사하다."는 말이

나왔다. 카메라로 오로라를 촬영하는 사람이 주변에 많았다. 하지만 우리 부부는 핸드폰으로 오로라를 배경 삼아 서로 사진을 찍어주었다. 새벽 3시까지 오로라를 감상하고 숙소로 돌아와 피곤한 몸을 누이니 시계는 새벽 4시를 가리키고 있었다. 오로라의 황홀경에 쉽게 잠이 들지 않는 새벽이었다.

늦잠을 자고 일어났다. 숙소에서 충분히 휴식하고 나와 주변의 상점과 마을을 둘러보았다. 수많은 셔틀버스에 가이드를 동반한 관광객들이 이곳저곳을 둘러본 후 숙소로 복귀하는 모습이 자주 보였다.

신혼부부가 전문 카메라로 촬영한 오로라

　오로라를 보기 위한 여행을 즐기다 우연히 신혼부부 커플을 만나게 되었다. 숙소로 돌아와 그들과 위스키와 와인을 즐기며 즐거운 이야기를 이어 갔다. 아이스 와인이라는 비싼 술을 샀는데, 아기가 없는 신혼부부는 아이스 와인이 좋다고 하며 과감히 따서 마시기도 했다.

예약한 숙소가 없는 황당함

밴쿠버로 다시 돌아와 숙소에서 휴식을 즐기며 오로라 사진을 감상하였다. 그날 만난 신혼부부는 오로라를 배경으로 우리의 사진을 여러 장 찍었는데, 메일을 통해 사진과 동영상을 보내왔다. 너무 잘 찍어 준 사진이라 감사했다. 화질도 상당히 좋았고, 구도나 색감도 뛰어났다. 우리도 여행 출발 전 DSLR 카메라를 준비했지만, 무게와 부피로 인해 포기하고 LG에서 출시한 당시 최신 핸드폰 'LG5'를 들고 왔다. 고화질에 선명도가 조금은 부족했지만, 나는 이상하게 이 핸드폰으로 촬영한 사진이나 영상이 더욱 애틋하고 정감이 갔다. 아마 여행지의 추억을 고스란히 기록했고 함께해서가 아닐까?

잠시 산책과 관광을 동시에 즐기기 위해 시내 중심에 있는 퀸 엘리자베

이른 새벽의 황당한 밴쿠버 시내

스 공원(Queen Elizabeth Park)을 찾아 관광한 후 숙소를 예약하려고 잠시 벤치에 앉았다. 조금 저렴한 금액을 제시한 숙소가 눈에 띄어 결제했는데, 중국인 여성이 운영하고 있었다. 그런데 주소를 검색해 찾아간 곳에는 예약한 숙소가 없어 황당했고, 결국 가짜 숙소에 사기를 당했다는 것을 알게 되었다. 역시 싼 게 비지떡이라더니…. 다음에는 반드시 댓글도 확인하고 'Super Host'를 찾아 예약해야겠다고 다짐했다.

인생에도 가끔 이런 경우가 있다. 어떤 목표를 설정하고, 그것을 이루기 위해 큰 노력을 기울여 그 목표를 달성했을 때, 처음 생각한 것이 없거나 전혀 다른 경우이다. 대학교를 졸업하면 자연스럽게 취업이 될 거라 생각하지만, 막상 졸업하고 나면 처음 생각했던 취업이라는 문이 보이지 않는 경우와 유사하다고 말할 수 있다. 그렇다고 실망하거나 좌절할 필요는 없다. 가짜 숙소를 만나 맥이 빠지더라도 다른 숙소를 찾으면 되는 것처럼, 목적지가 자신이 기대했던 것과는 다를지라도 목적지를 향해 나아간 것만으로도 의미가 있는 것이며, 노력 자체가 소중한 경험이 되는 것이다.

* 캐나다 패키지여행

이른 아침 숙소를 나와 예약해 둔 3박 4일 로키산맥 패키지여행에 참여하기 위해 길을 나섰다. 미팅 장소에 집결하여 유네스코 세계문화유산 중의 하나이며 길이가 약 1,500km, 너비 약 80㎞인 캐나다 로키산맥을

아싸바스카 빙하까지 가는 설상차

타임라인에 있는 일정

향해 출발했다. 골드러시 거점 도시였던 호프에서 중식을 먹고 고속도로
를 따라 준사막 지역인 목재의 도시를 지나갔다. 그리고 대륙횡단 철도의
정차 도시인 레벨스톡에 있는 호텔에 도착했다.

둘째 날, 조식 후 호텔을 출발하여 설상차(주로 눈 위나 얼음 위를 달리
는 것을 목적으로 하여 제작한 특수자동차)에 탑승하여, 해발 3,750m에
있는 컬럼비아 빙원에서 흘러내린 세계에서 두 번째로 큰 빙하인 아싸바

곤돌라를 타고 올라가 본 로키산맥의 웅장한 설경

스카 빙하를 체험했다. 아싸바스카 빙하는
로키 관광의 하이라이트라 할 수 있었다. 4
번의 빙하기를 거쳐 형성된 빙하는 총 길이
6km와 넓이 1km의 거대한 얼음조각이었
다. 그것을 본 후 빙하로 이루어진 세계 10
대 절경 중의 하나인 루이스 호수로 이동하
였다. 루이스 호수는 해발고도 1,732m, 최

마를린 먼로, 〈돌아오지 않는 강〉의
촬영지

대수심 70m, 길이 2.4km, 폭 1.2km이다. 캐나다 앨버타주 밴프 국립공
원 안에 있다. 빙하에 의해 깊게 팬 땅에 빙하가 녹으면서 호수가 되었다.

　다음 날, 1954년 메릴린 먼로 주연의 〈돌아오지 않는 강〉의 촬영지인
보우 강과 아름다운 보우 폭포를 감상했다. 그리고 밴프 곤돌라를 타고 마

세계 10대 절경 중 하나인 레이크 루이스

줄 서서 먹었던 맥도날드 Angus Burger meal.

치 병풍에 둘러싸인 듯한 아름다운 산세를 구경했다. 곤돌라를 타고 웅장한 로키산맥과 아름다운 밴프 시티를 한눈에 볼 수 있었는데, 그 경로는 앨버타 최고의 명소로 알려져 있다.

곤돌라에서 내려 줄 서서 먹는다는 유명한 맥도날드에 들러 특식(?)을 먹고 다시 숙소로 이동한 후 밴쿠버로 돌아왔다. 그리고 함께 패키지여행을 하면서 친해진 일행들과 유명한 맛집인 스시 집에 가서 함께 식사하며 석별의 정을 나누었다.

새벽 6시 30분에 여행을 시작하는 강행군이었는데, 매번 느끼는 것이지만 빡빡한 일정은 패키지여행의 장점이자 단점이라 말하고 싶다.

패키지여행을 마치고 Airbnb 숙소로 가야 했다. 그런데 걸어가기에는 멀고, 우버 택시를 타고 가기에는 너무 가까운 애매한 거리라 아내와 나는 잠시 망설였다. 얼마 되지 않는 거리이기에 걸어가기로 하고 여행 가방 2개를 끌고 가는데, 나의 여행 가방 바퀴가 고장이 났다. 아내 것은 끌고, 내 것은 등에 지고 낑낑대며 걸었다. 걷다 보니 택시를 타면 10분 거리였지만, 걸어가기에는 굉장히 먼 거리임을 알았다. 땀을 뻘뻘 흘리며 50분가량을 걷는 것은 고행이었다. 하지만 지나 보니 그 힘듦도 즐거운 추억으로 남았다. (훗날 맨하튼에서 쌤소나이트를 찾아가 바퀴 수리를 했다.)

밴쿠버를 떠나 7시간 30분을 비행기를 타고 캐나다에서 가장 큰 도시인 토론토(Toronto)로 이동했다. 여기서 마주한 토론토 시청사(Toronto City Hall)의 건물은 매우 특이했다. 돔을 올린 원형 시의회 의사당과 높

이가 서로 다른 곡선형 타
워 두 개로 이루어져 있었
다. 도서관과 공공 공간으
로 쓰이고 있는 2층 높이
의 수평 기단부에서 솟아
오른 두 개의 타워는 서로
를 향해 안으로 살짝 굽어

특이한 구조의 토론토 시청 건물

있다. 이들 타워는 접시 모양의 의사당을 둘러싸서 보호하는 듯한 모습이
며, 새가 두 날개를 편 모습처럼 느껴졌다. 새의 비상을 상징한 것은 아닐
까?

토론토를 빠져나와 수도인 오타와(Ottawa)를 여행하고 퀘벡주에서 가
장 인구가 많은 도시 몬트리올(Montreal)까지 가는 여정을 펼쳤다. 몬트

리올 하면 떠오르는 것이 있다. 몬트리올 올림픽 때 레슬링 경기 자유형 62kg급에서 양정모가 우승해, 대한민국이 광복 후 참가한 올림픽 경기에서는 처음으로 금메달을 딴 것이다. 당시 올림픽 금메달은 대단한 것이었으며, 그 소식에 모든 국민이 열광했다.

하늘이 한없이 푸른 퀘벡에서

퀘벡은 프랑스어를 많이 쓰고 영어도 사용하기에 의사소통에는 별다른 문제가 없었다. 그리고 관광객들이 거주민보다 훨씬 많았다.

퀘벡(Quebec)의 하늘은 한없이 파랗다. 고개를 들어 한참을 올려다보는데 문득 니스에서 만끽했던 하늘이 떠올랐다. 푸른 하늘에는 한 점의 구름도 없었고 미세먼지 없는 맑은 공기를 마음껏 마시며 한참을 멍하니 서 있었다.

어린 시절 우리나라 하늘은 무척이나 파란 하늘로 나의 뇌리에 남아 있다.

올드 퀘벡의 드라마 도깨비 촬영지

예전 미국의 존슨 대통령이 서울을 방문했을 때, 서울 방문의 첫인상을 묻는 질문에 "하늘이 매우 맑고, 높고, 푸르다."라고 대답했던 게 생각났다.

퀘백 시내의 5층 건물 벽화

한국은 현재 선진국의 위상을 가진
나라가 되었다. 하지만 그 과정에
서 공업화가 초래한 환경문제를 걱
정만 할 것이 아니라 확실한 대책
을 마련해야 할 때라고 생각한다.
기후 변화의 주요 원인인 이산화탄
소뿐만 아니라 다른 온실가스에 대
한 규제까지도 포함하는 탄소중립
대책이 지금은 너무나 절실하다.

퀘벡의 조형물

　이곳 퀘벡의 하늘을 막연히 부러워만 할 일이 아니라는 생각을 했다.

유람선에서 보는 나이아가라 폭포와 무지개

나이아가라 폭포

　나이아가라 폭포는 캐나다에서 볼 수도, 미국에서 볼 수도 있다. 캐나다와 미국 국경 사이에 있기 때문이다. 이리호와 온타리오호로 통하는 나이아가라강에 있으며, 고트섬(미국령) 때문에 크게 두 줄기로 갈린다. 고트섬과 캐나다의 온타리오주와의 사이에 있는 폭포는 호스슈(말발굽) 폭포, 또는 캐나다 폭포라고 하며 높이 약 53m, 너비 약 790m이다. 고트섬 북동쪽의 미국 폭포는 높이 약 25m, 너비 320m에 이다.

　나이아가라 폭포는 세계에서 가장 긴 폭포다. 유람선을 타고 비옷을 입은 채 나이아가라 폭포 가까이에 가보았다. 비옷을 입었는데도 속옷까지 다 젖었다. 나이아가라 폭포에 걸린 무지개가 무척 아름다웠다. 배를 타고 주위를 살펴보니 배 안에서 휠체어를 탄 거동이 힘든 나이가 든 사람이 눈

세인트 로렌스 강의 천섬과 별장지대

에 띄었다. 그 사람이 잘 볼 수 있도록 비켜주기도 했다. 그러면서 든 생각
은 건강할 때 여행을 많이 다녀야겠다는 것이다. 나이가 들면 다니고 싶어
도 거동이 힘들어 다닐 수 없게 될 것이다.

　하루 동안의 나이아가라 폭포 관광을 마치고 토론토 피어슨 국제공항
(Toronto Pearson International Airport) 근처에 숙소를 예약하고 이동
했다.

* 다시 미국으로

뉴욕(New York) 마이애미(Miami)
(2017년 10월 3일 ~ 10월 21일)

4개월을 지나는 여행 동안 시원한 김칫국을 얼마나 먹고 싶었는지 모른다. 다음 행선지는 뉴욕(New York City)에 사는 작은 누님 댁을 방문하는 것이다. 누님 댁을 거점으로 뉴욕을 관광할 예정이다. 또한 그곳에 가면 김칫국을 비롯한 여러 한국 음식도 마음껏 먹을 수 있을 것이라 기대했다.

토론토 공항에서 이륙해 미국(United States of America) 뉴욕에 있는 존 F. 케네디 국제공항(John F. Kennedy International Airport)에 도착했다. 드디어 뉴욕 여행의 시작이었다.

매형, 누나, 아내와 퍼블릭 라운딩

뉴욕은 미국 최대의 도시로서 상업·금융·무역의 중심지이다. 또 공업 도시로서 경제 수도라 말하기에 충분하며, 많은 대학·연구소·박물관·극장·영화관 등이 있는 미국 문화의 중심지이기도 하다. 미국에서 미국적인 것을 가장 잘 보여 주는 도시라 할 수 있다.

공항을 떠나 누님 집에 도착하여 모처럼 편안한 숙면을 취했다. 간호사로 일하고 있는 누님은 휴일을 이용해 새로 이사하려는 집을 보러 간다고 해서 우리도 따라나섰다. 넓은 마당이 있는 2층 건물이었는데, 안으로 들어가 보니 수리해야 할 곳이 여러 군데 보였다.

이사할 집을 보고 나서 현재 누님이 사는 집에서 그리 멀지 않은 곳에 'Clearview Park Golf Course'라는 퍼블릭 골프장이 있어 함께하기로 했

합기반점에서 작은 누님 식구들과 함께

다. 작은 누님은 1956년생인데 운동과 휴식을 겸해 주 3회 라운딩을 즐긴다고 했다. 골프를 즐기는 누님을 따라 골프를 치러 갔다. 오랜만에 개인용 카트를 끌며 골프를 즐기니 나름대로 재미가 있었다. 캐디가 없고 페어웨이나 그린의 상태는 좋지 않았지만, 저렴한 가격에 라운딩할 수 있다는 게 참 좋았다. 한국에서도 이처럼 싸고 편안하게 골프를 즐기는 문화가 자리 잡았으면 좋겠다고 생각했다.

집으로 돌아와 한국 음식을 잔뜩 차린 저녁 식사를 즐겼다. 늦은 저녁 조카와 위스키를 마시며 진로와 삶에 대해 많은 이야기를 나누었다.

다음 날 오전 누님과 골프를 치고 돌아와 늦은 오후에 차이나타운(Chinatown)을 찾았다. 맨해튼 시내는 많은 차량과 북적이는 사람으로 혼잡했고, 겨우 유료 주차장을 발견해 주차한 후 음식점에 들어갔다. '합기반점'이라는 중식당으로, 뉴욕을 찾는 한국인이 많이 들른다고 하여 언젠가는 한 번 꼭 가봐야겠다고 생각한 곳이었다.

식사를 마치고 스튜디오 룸에 사는 조카 집을 방문하기로 했다. 도착한 집의 창밖에는 크라이슬러 빌딩이 보이고 센트럴파크(Central Park)에서도 그리 멀지 않았으며, 여자 혼자 지내기에는 손색이 없었다. 구글맵을 검색하니 차량 정체가 심해서 자전거가 움직이는 정도의 속도로 이동했다.

조카의 집 거실에서 아버지의 옛날 사진을 보았다. 서울에 계신 어머니 집에도 없는 사진인데, 어린 자신을 예뻐해 주신 외할아버지 사진을 걸어

조카 숙소에서 본 오래된 가족사진

둔 게 참 기특했다. 그도 그럴 것이 외할아버지는 미술을 전공하셨고, 우
연인지 조카도 현재 글락소(GlaxoSmithKline)라는 제약회사에서 디자인
을 담당하고 있어 공통점이 있었다. 조카는 매우 당차고 매사에 자신감이
넘쳤다. 40년을 미국에서 간호사로 일하며 살아온 누님이 아직껏 한국식
으로 사고하는 것과는 아주 대조적이었다.

롱아일랜드 철도(Long Island Rail Road)

롱아일랜드 철도(Long Island Rail Road)를 이용하여 거의 매일 맨해
튼(Manhattan)을 여행했다. 롱아일랜드 철도는 미국 뉴욕주의 롱아일랜
드를 가로로 가로지르는 철도망이다. 줄여서 LIRR로 쓴다. 북미지역에서
가장 붐비는 상업철도망으로, 1834년에 건설되어 현재까지 변함없이 운
영 중인 미국에서 가장 오래된 철도망이기도 하다. 모두 124개의 역이 있

트럼프 타워

으며, 총연장은 1,100km에 달한다. 서쪽 기점은 뉴욕 맨해튼이며, 섬의 동쪽 끝까지 뻗어 있다. 그 철도 덕분에 편하게 이곳저곳을 여행할 수 있었다.

점심 무렵 집에서 나와 쉐이크 쉑 버거(Shake Shack burger)를 먹고 록펠러 센터(Rockefeller Center)와 트럼프 타워(Trump Tower)를 구경했다. 그리고 산책을 즐기기 위해 그토록 원했던 센트럴파크에 들어섰다. 버킷리스트에 이곳에서 '낮잠 자기'가 있어 여기 오는 날만 손꼽아 기다리기도 했다.

버킷리스트 중의 하나인 센트럴파크에서의 낮잠

센트럴파크에서 지구 한 바퀴를 위한 연출 샷

이곳 사람들은 산책을 하기도 하고, 또 가벼운 차림으로 조깅을 하며 공원에서 힐링을 만끽하는 것처럼 보였고, 커다란 나무 밑에는 다람쥐들이 경계심을 내려놓고 돌아다녔다. 주변의 호수를 따라 산책을 즐기다 잔디 위에 누워 잠시나마 낮잠을 잤다. 눈을 떠 바라보는 공원은 전보다 더 평화로워 보였다. 도심 한가운데 넓고 쾌적한 공원이 자리 잡고 있어 미세먼지 걱정 없이 편하게 숨 쉬며 쉴 공간이 있다는 것이 너무 좋았다. 도심 속 숲의 필요성이 다시금 절실히 느껴졌다. 그러자 우리나라의 용산공원을 조성하는 계획이 떠올랐다. 세계에서 제일 큰 공원을 조성할 예정이라는데 기대가 크다.

뉴욕의 랜드마크 타임스퀘어

미국 기차역 중 사람들로 가장 붐비는 역이라는 펜실베이니아 역 (Pensylvania Station,Penn Station)으로 가서 타임스퀘어(Times Square)로 향했다. 예전에는 롱에이커 스퀘어(Longacre Square)라고 불렸는데, '뉴욕타임즈' 본사가 이쪽으로 오면서 타임스퀘어라고 불린다고

뉴욕 타임스퀘어

한다. 뉴욕을 뉴욕답게 가장 잘 표현한 랜드마크라 할 수 있다. 화려함과 많은 사람으로 붐비는 것을 보며 뉴욕에 왔다는 것을 실감할 수 있었다.

다음으로 미 프로농구 NBA 뉴욕 닉스의 홈구장이며, WWE 프로레슬링의 성지라고 불리는 경기장인 매디슨 스퀘어 가든(Madison Square Garden)을 지나서 바로 링컨 센터(Lincoln Center) 광장을 둘러보았다.

LG 로고가 보인다   링컨 센터에서 와인 한 잔의 여유

자연사 박물관 내부

조카가 발레 공연 보러 갈 때 찍어준 정장 차림

발레 공연장에서 노부부가 촬영해 준 사진

링컨 센터(Lincoln Center for the Performing Arts, Inc.)는 무대예술 및 연주예술을 위한 종합예술센터다. 보기 드물게 규모가 크고 음악·무용·연극·오페라·발레 등 다양한 예술 장르를 한 공간에서 조화시켰으며, 세계 문화의 중심이라는 평가를 받고 있다.

관광 후 출출한 배는 햄버거로 채우고 미국 자연사 박물관(American Museum of Natura History)에 들렀다. 자연사 박물관은 영화 〈박물관이 살아있다〉의 배경인 곳으로 지구의 역사와 인류의 진화를 한 번에 볼 수 있는 곳이다.

다음 날 오후 뉴욕시티발레단 공연 관람을 위해 정장으로 옷을 갖춰 입고 링컨 센터로 향했다.

* 누닝 댁에 숙박하며 여유롭게 뉴욕 둘러보기

Clearview Park Golf Course' 에서 골프를

작은 매형을 비롯한 그의 대학 동문들과 스톤브리지 컨트리클럽(Stonebridge Country Club)을 찾아 라운딩을 즐겼다. 한 분은 뉴욕에서 성형외과 의사로 근무 중이고, 다른 한 분은 레스토랑을 운영하고 있었다. 이 골프장도 캐디가 없고 코스가 어려워 처음에는 조금 당황했다. 골프를 마치고 함께한 사람들과 저녁 회식 자리를 마련해 음식을 즐기고 많은 이야기를 나누었다.

매형의 미국 생활은 부족함이 없어 보였다. 친하게 지내는 동문들과 편안한 마음으로 만나 즐겁게 골프를 치며 운동하는 모습이 참 보기 좋았다. 타지에서 생활하다 울산으로 온 나에게도 많은 이들이 반겨줬던 생각이 나서 잠시 그때를 회상했다.

자유의 여신상

매형이 서울에 가는 일정이
있어 함께 배웅하고 누님은 근
무지인 병원으로 출근했다. 우
리는 맥도널드에서 간단히 음식
을 먹고 엠파이어 스테이트 빌
딩(Empire State Building)으
로 향했다. 이 빌딩은 1931년

월스트리트에 있는 황소 동상

지어진 이래 오랫동안 뉴욕의 상징으로 많은 사람의 사랑을 받고 있다. 높
이 381m, 102층으로 처음 완공됐을 당시에는 세계에서 가장 높은 건물
이었다. 이후에는 세계 곳곳에 이 빌딩보다 높은 건물이 지어져 세계에서
가장 높은 건물이라는 위상은 잃었다. 그리고 9.11 테러로 세계 무역 센
터가 붕괴하자 다시 뉴욕에서 가장 높은 건물이 되었다고 한다.

길가 곳곳에 시내 투어 버스 티켓을 파는 사람들이 많이 눈에 띄었다.
티켓 호객행위를 하는 사람으로 보이는 모자를 쓴 한 흑인이 다가와 한국
인이냐고 물었다. 가지고 있는 현금이 없다고 하니,

"no problem"

하며 자기를 따라오라고 했다. 엠파이어 빌딩 앞 맨해튼 도로를 무단으

엠파이어 전망대에서 본 뉴욕 시내 전경

로 가로질러 ATM기기가 있는 곳으로 갔고 나도 무심결에 무단횡단해서 따라갔다. ATM 기기에서 티켓 값을 인출하여 지불하고 티켓을 샀다. 그리고 그 흑인은 진짜 말이 많았고 랩 하듯이 티켓에 쓰여있는 내용을 떠들어 댔다. 서울에 사는 사람 대다수가 롯데월드타워 전망대를 가보지 않았다고 한다. 오히려 지방에 사는 사람이 그곳을 구경하러 간다. 실제 누님과 조카도 엠파이어 빌딩에 안 가봤다고 하니 잠시 촌놈이 된 것 같았다. 귀국해서 서울에 갈 기회가 생긴다면 한반도에서 가장 높은 '롯데월드타워 전망대'도 한 번 들러 봐야겠다고 생각했다.

묶음 티켓을 사서 시내 곳곳을 투어하는 일정을 진행했다. 그리고 편하게 Hop-on Hop-off 투어로 자유의 여신상(Statue of Liberty)을 관광했다. 자유의 여신상은 미국 뉴욕시 허드슨강 어귀의 리버티섬에 있는, 자유

유람선에서 보는 자유의 여신상

를 상징하는 여신상이다. 1876년 미국 독립 100주년을 기념하여 프랑스
가 기증한 높이 약 46m의 거대한 상(像)으로 받침대 현판에 적혀 있다는
글귀가 감동으로 전해졌다.

> 햇불을 든 강한 여인이 서 있으니
> 그 불꽃은 투옥된 번갯불, 그 이름은 추방자의 어머니
> 햇불 든 그 손은 전 세계로 환영의 빛을 보내며
> 부드러운 두 눈은 쌍둥이 도시에 의해 태어난,
> 공중에 다리를 걸친 항구를 향해 명령한다
> 오랜 대지여, 너의 화려했던 과거를 간직하라!
> 그리고 조용한 입술로 울부짖는다
> 너의 지치고 가난한
> 자유를 숨쉬기를 열망하는 무리들을
> 너의 풍성한 해안가의 가련한 족속들을 나에게 보내다오"

자랑스러운 둘째 누님

나는 둘째 누님을 존경하며 동생으로서 자부심을 느낀다. 누님은 다섯 형제 중 둘째로 태어났다. 진명여고를 나와 대학을 졸업한 후 간호사로 근무했다. 그러다 스튜어디스를 꿈꾸며 대한항공에 입사했고, 당시 쥬얼리 가게를 운영하던 지금의 매형을 만나 결혼했다. 그리고 어린 조카들을 이끌고 뉴욕으로 이주했다.

〈Cats〉 공연장 내부

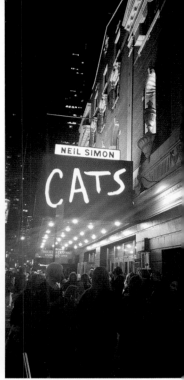

〈Cats〉 관람 후 타임스퀘어로 걸어와 생맥주 한 잔　　　　　　Neil Siomon Theatre

　　뉴욕에서 육아와 살림을 동시에 하며 틈틈이 독학으로 NUNCLE(미
국 간호사 시험)에 당당히 합격해 현재도 간호사로 근무하고 있다. 부모
나 그 누구의 도움 없이 현실에 빠르게 적응하며 생활해 나가는, 그야말로
여장부이며 의지의 한국 여인이다. 머나먼 이국에서 이처럼 당당하고 오
롯이 살아가는 그녀와 가족에게 진심으로 경의를 표한다. 또한 그런 누님
이 자랑스럽다.

　　집을 나서 햄버거 가게인 'five guys burger'에서 이른 점심을 즐기고
닐 사이먼 극장(Neil Simon Theater)으로 향했다. 정해진 시간에 맞춰
브로드웨이(Broadway)로 이동한 누님과 우리는 뮤지컬 〈Cats〉를 관람
했다.

관람이 끝나고 타임스퀘어까지 걸어와 근처 맥주 가게에 들러 노상에 앉아 시원한 맥주를 마셨다. 가족이라는 주제를 놓고 많은 이야기를 나눈 뒤 귀가했다.

* 플로리다주 마이애미로

아침 겸 점심을 순두부찌개로 즐겼다. 역시 오랜만에 맛보는 한국 음식에 우리의 수저는 쉴 새 없이 움직였다.

이달 초 3일부터 지금까지 작은 누나 집에서 먹고 자며 많은 신세를 진 것 같아 고맙고 한편으로 미안한 마음이 들었다. 그동안 먹고 싶던 한국 음식도 마음껏 먹고 숙소 걱정 없이 뉴욕의 여러 곳을 방문하며 여행을 즐

마이애미 해변에서 산책

마이애미 비치에서

마이애미 숙소의 정감 있고 고마웠던 호스트 부부

기기에 더할 나위 없이 좋았다.

누님과 매형에게 감사의 인사를 전한 뒤 우리 부부는 남쪽을 향해 멕시코만, 대서양, 플로리다 해협 사이의 큰 반도에 있는 플로리다주(State of Florida)로 여행을 떠났다. 숙소에 도착하니 호스트인 노부부가 우리를 반갑게 맞아 주었다. 먼 타지인 한국에서 여행하러 온 우리가 신기하고 특이했나 보다.

짐을 정리하고 식사를 위해 시내로 나섰다. 식사 후 바에 들러 맥주를 마시며 뉴욕 작은 누님의 이야기와 이어질 중남미 여행을 주제로 많은 수다가 이어졌고, 시간은 자정을 향해 가고 있었다. 서둘러 나와 숙소로 돌아가는데 우리의 귀가가 걱정되었는지 노부부가 마중을 나왔다. 낯선 마이애미에서 행여 길을 잃을까 걱정하다 우리를 찾아 나섰다니 고맙고 미안한 마음이 들었다.

다음 날, 아침 식사를 마친 우리에게 마이애미비치(Miami Beach)를 보고 떠나라며 호스트께서 직접 가이드를 해주겠다 하여 함께 길을 나섰다. 어제도 신세를 진 듯한데 오늘도 어김없이 배려를 아끼지 않았다. 다시 한 번 감사의 인사를 전한 후 차를 타고 관광을 즐겼다.

차를 빌려 마이애미 최남단에 자리 잡은 키웨스트(Key West)에 가보고 싶었는데 일정이 허락하지 않았다. 플로리다 마이애미의 해변을 걸으며 보이는 건물들은 빈 상가가 많았고, 경기가 다소 침체한 듯한 인상을 주었다. 하지만 수영과 서핑을 즐기는 사람, 조깅하는 사람과 일광욕하는 사람, 산책하는 사람을 많이 만날 수 있었다.

* 쿠바에서 살사 댄스를

아바나(Havana) 비날레스(Vinales)
(2017년 10월 22일 ~ 10월 25일)

긴 여행 중에 또 다른 색깔을 느끼는 여정이 시작되었다. 오전 7시 비행기로 마이애미를 떠난 우리는 2시간을 날아 쿠바(Cuba)의 수도 아바나(Havana)에 있는 호세 마르티 국제공항(Jose Marti International Airport)에 도착했다. 아바나는 카리브해(海) 지역 최대의 도시이기도 하다.

쿠바 혁명광장(체게바라 초상)

이번 여행은 안식년(sabbatical year)과 같은 느낌으로 떠난 결혼 30주년 구혼 여행이다. 그래서 시작부터 철저한 준비와 계획을 세운 후 실행했다. 뉴욕의 누님 집에 머물 때 소개받은 '동부여행사'에 우리 부부만 진행하는 쿠바 여행을 부탁했는데, 여사장은 전문적인 지식과 친절함으로 응대

해 주었다. 한국인 가이드와 현지 가이
드, 그리고 운전기사와 우리 부부를 포함
하여 오직 5명이 움직이는 일정이고, 쿠
바 외 다른 중남미 국가에서는 다른 팀들
과 합류하는 예정이라고 말해 주었다.
13박 14일 동안의 쿠바에서 브라질까지
의 일정이었다. 비용은 쿠바 입국비자
200달러를 포함하여 1인당 680만 원 정도가 지출되었다.

쿠바는 아메리카 유일의 사회주의 국가이지만 중남미 지역에서 외국인
에게 가장 안전한 지역으로 손꼽히고 있을 만큼 전반적인 치안 상태는 양
호하다고 한다. 다만 우리나라와 외교 관계가 없어 현지에 한국대사관 또
는 영사관이 존재하지 않아 신변 보호의 어려운 점은 익히 전해 들었다.

북한 대사관 벽보판

만약 여권을 분실하였다면 멕시코 주한 대사관에서 업무를 처리하며, 재발급받는데 2주 정도의 시간이 소요된다. 간혹 KOTRA(아바나 현지 무역관)의 도움으로 해결되는 일도 있다고 한다.

아바나 구시가 지역은 소매치기도 있다고 하니 주의해야 했다. 쿠바는 '이중화폐 제도'라고 불리는 두 동류의 화폐가 있다. 내국인용(CUP)과 외국인용(CUC)이 따로 있는 게 특징인데, 체감하는 물가는 미국의 절반 수준이었다.

차량에 탑승하여 이동을 시작했고, 이내 북한 대사관이 눈에 띄었다. 여행사에서 쿠바 시가(cigar)를 주었지만, 담배를 안 피운 지 15년이 넘어 운전 기사에게 선물로 주니 고마워했다. 매일 식사는 랍스터와 같은 해산물 요리나 스테이크를 마음껏 먹을 수 있어 좋았다.

시내는 아바나 현지인들과 많은 관광객으로 붐벼 활기가 넘쳐났지만, 자동차에서 뿜어져 나오는 매연으로 뿌연 공기와 대기 오염은 상당히 심각한 수준이었다. 음식도 그러했다. 처음 접해보는 쿠바의 음식은 다양하고 맛이 있었지만, 위생 상태 또한 좋지 못한 상황이라 조금 아쉬웠다.

쿠바 하면 '올드카 드라이브'가 유명한데 10만 원용, 5만 원용 두 종류가 있었다. 핸섬하고 멋진 복장의 드라이버가 운전하는 신차는 10만 원이었고, 구형 차량에 나이가 있어 보이는 드라이버의 차는 5만 원이었다. 구혼 여행 중인 나는 꿩 대신 닭으로 올드카 대신 인력거 자전거 드라이브(?)를 고집했다. 아내는 '올드카 드라이브'를 이용하지 못한 것에 대해 무척이나 아쉬워했다.

쿠바 서부 비날레스

쿠바 서부 중심에 있는 비날레스(Vinales)로 가기 위해 숙소를 나섰다. 비날레스는 아바나에서 서쪽으로 120km 떨어져 있다. 차창 밖으로 보이는 길에는 세 바퀴가 달린 용달차들이 보였고, 도로 상황은 우리나라 6,

삼륜차가 정겹게 느껴진다.

비날레스 계곡의 선사 시대 벽화

70년대를 연상케 했다. 하지만 도심을 벗어나니 하늘도 점차 푸른색을 띠고 매연이 없어 공기도 좋았다.

비날레스는 수 세기 동안 전통적인 농법(특히 담배 재배)을 유지하고 있으며 농업과 수공업, 음악 분야에서 전통을 풍부하게 보존하고 있어 세계문화유산으로 선정되어 많은 관광객이 찾고 있다고 한다.

우리를 안내하는 가이드는 현지 여성이었고 운전기사는 친절했다. 아바나와 많이 다른 한적한 시골의 느낌이었지만, 쿠바의 태곳적 아름다움을 고스란히 느낄 수 있었다. 일정을 마무리하고 숙소로 돌아왔다. 호텔 음식보다는 시내로 나가 식사를 하자는 아내의 제안에 근처 레스토랑을 찾아 랍스타에 모히토를 마시며 여유로운 저녁 시간을 보냈다.

살사 댄스를 배우다

쿠바에서는 여러 위험을 알리는 문자 메시지가 수시로 핸드폰으로 전송되었다. 실제 유명한 관광지 투어 위주의 여행 장소는 오히려 안전한 상황이었다. 사회주의 국가라 잡범은 있을 수 있으나, 전체적인 치안 상황은 안전하다는 이야기를 들었다. 오늘은 아바나 시내를 여행하는 일정이 많아서 서둘러 숙소를 빠져나왔다.

아내가 살사를 배워보고 싶다는 이야기를 몇 차례 했던 터라 현지 쿠바인 가이드에게 특별히 부탁했다. 참고로 최근에는 인터넷을 통해 쉽게 배울 방법이 있다고 한다.

살사 댄스 강사와 함께

살사 댄스 교습 중

밴드 음악에 맞추어 무대에서 살사를 추는 아내

"살사 댄스를 배워볼 수 있을까요?"

20대 초반의 가이드는 한국에 대한 관심도 많았고 의사소통이 가능한 수준의 한국어 실력을 자랑했다. 가이드의 지인을 통해 클럽을 운영하는 사장에게 이야기해 보겠다며 전화를 걸었다. 아내와 나는 무슨 이야기를 주고받는지 도통 이해 못 하면서도 긴장이 되었는지 서로가 침이 꼴깍하는 소리를 내었다.

"오후 5시쯤 클럽을 오픈하는데 그 시간에 맞춰 찾아가면 시간을 내어 주겠답니다."
(비용은 두 사람 합쳐 40달러를 지불했다.)

쿠바 시내의 벽화

대성당 옆에서 살사 댄스 교습 후 저녁 식사

시내 관광 후 헤밍웨이가 묵었던 호텔과 바닷가를 둘러보았다. 오후 5시가 되어 클럽에 도착하니 현지인 여러 사람이 인사를 건넸다. 나는 키가 큰 미국 여성에게, 아내는 쿠바 현지인 남자 선생님에게 30분가량 춤을 배웠는데 많이 어색했다. 아내를 담당한 춤 선생님이 잘 가르쳤기 때문일까? 얼마 후 아내는 강습을 마치고 바로 밴드가 차려진 무대에 올라 춤을 췄다. 아내는 확실히 무대 체질인 것 같았다. 아내의 선생님은 곤잘레스라는 남자였다. 곤잘레스는 최근에도 자신의 활발한 활동을

전세 차량이 있어 올드 카 대신 자전거 택시 이용

SNS에 올리고 있다.

클럽에서 즐겁고 신나는 춤을 추고 나와 대성당 광장(Plaza de la Catedral) 근처에서 저녁 식사를 하고 카페에 앉아 광장의 무대에서 펼쳐지는 공연을 감상했다. 아직 춤에 대한 열기가 식지 않은 아내를 보며 내심 흐뭇했다. 음악 소리와 여행객의 웃음소리가 뒤섞여 이 순간, 이 공간이 훌륭한 관광지가 틀림없다는 생각이 들었다.

30년 만에 진짜 신혼여행을 이곳 쿠바에서 즐기고 있다는 생각이 들었다. 요즘 젊은 부부들은 맞벌이 생활을 당연하게 생각하지만, 베이비 붐(Baby boom) 세대인 5, 60대는 남편이 경제활동의 주체가 되고, 부인은 집안 살림을 꾸린다고 해서 아내를 '집사람'이라는 호칭으로 부르는 경우가 가끔 있다.

여행을 통해 보는 아내는 자신이 계획한 언어를 익히기 위해 어학연수

를 적극적으로 충실히
수행하였고, 현지에서
춤을 배우는 등 도전
을 서슴지 않았다. 평
소에도 아이들과 소통
을 많이 하고 스스로
못 하는 일이 없는 사

람이지만, 여행을 통해 보는 아내는 추진력과 자신감이 더해진 듯했다. 더
는 가정을 돌보는 'House Keeper'가 아닌 '마담'의 면모가 서서히 드러
났다. 그래서 이제부터 아내를 '마담'이라 생각하기로 했다.

　늦은 시간까지 웃고 떠드느라 숙소에 도착하니 자정이 가까웠다. 내일
아바나를 떠나야 한다는 생각에 아쉬운 밤을 보냈다.

South America

* 남미 패키지여행

페루(Peru) – 리마(Lima) 이카(Ica) 나스카(Nasca) 쿠스코(Cusco)

(2017년 10월 26일 ~ 10월 29일)

즐거움이 가득했던 둘만의 구혼 여행(?)을 뒤로하고 비행기에 오른 우리는 쿠바에서 리마로 바로 가는 직항이 없어 멕시코시티(Mexico City)로 5시간 동안 비행기를 타고 갔다. 그곳에서 또다시 5시간을 비행하여 적도(equator)를 지나 페루(Peru)의 수도 리마(Lima)에 있는 호르헤 차베스 국제공항(Jorge Chavez International Airport)에 오전 6시경에 도착했다.

비행으로 꼬박 하루를 이동한 것이다. 다음 날의 일정을 생각하면 몸은 천근만근 피곤했지만, 마음만은 편안했다. 다음 날 오전 일찍 각지에서 비슷한 시간에 도착한 여행객들과 합류했다. 남미 패키지여행을 같이할 일행들과 만나 서로 인사를 나눴다. 'ROTC' 동기 출신의 70세의 부부를 포함한 여러 부부는 캐나다, (미국)조지아주, 브라질 등(에서 오신) 여행객들이었다. 혼자 여행하는 몇몇 분들도 있었다.이야기를 나누다 보니 우리 부부가 제일 어린 영계(?) 부부였다.

공항을 떠나 모터가 달린 보트를 타고 국립공원인 바예스타스섬(Ballestas Islands)으로 출발했다. 이 섬은 페루의 수도 리마에서 남쪽으로 약 400km 떨어진 태평양 연안의 섬으로 페루에서 국가자연보호구역으로 지정한 곳이다. 140여 개의 무인도를 돌아보며 오염이 되지 않은 천연 그대로의 해양 환경이 무척이나 부러웠다.

이곳에서도 나스카 문양과 비슷한 형태를 섬 경사로에서 볼 수 있었다. 멀리서 본 섬을 덮고 있는 검은 점이 보였는데, 200여 종의 바닷새 서식지로 펠리컨, 바다사자, 훔볼트 펭귄 등 수 많은 야생동물이 서식하고 있다고 한다. 사람의 손길이 닿지 않는 자연 그대로의 생태계는 정말 놀라웠다. 이곳도 구아노(Guano)라는 새 무

바에스타 섬으로 이동

수많은 새 떼의 휴식처

구아노 채집, 운반하던 구조물

와카치나 오아시스

리의 배설물로 생태계 파괴 위험이 있다는데, 화학 비료 개발로 주춤해진 상황이라고 한다. 바다 풍경이 울산 앞바다 분위기와 사뭇 다름을 느꼈다.

　이윽고 내륙으로 들어와 사막 속의 진주라 불리는 와카치나 마을로 갔다. 정확히 오아시스를 중심으로 조그만 집들이 둘러싸고 있는데, 이곳을 와카치나(Huacachina) 마을이라 부르고 호수 전체가 보호지역으로 지정되어 있다고 한다. 사막 주위를 돌아보는 투어 상품을 신청하는 사람들도 있었지만, 우리는 호수 주위에서 휴식 시간을 갖기로 하였다.

리마에서의 일정을 마무리하고 이카(Ica)로 이동하여 재스민 호텔 (Villa Jazmin)로 들어와 휴식을 취했다.

* 나스카 문양

나스카(Nasca)를 만나기 위한 하루가 시작되었다. 이카에서 나스카 문양을 찾아가기 위해서 멀지 않은 작은 공항으로 이동했다. 공항 대기실에는 경비행기를 탈 사람들로 붐볐다.

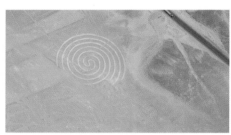

경비행기를 타고 촬영한 나스카 문양

비행에 필요한 승객의 안전 관련 내용과 나스카 문명의 역사와 가설 등의 정보를 담은 영상을 20분가량 시청했다. 고래, 나무, 콘도르, 거미, 우주인, 원숭이, 벌새 모양 등 다양한 문양을 볼 수 있었다. 문양의 크기가 100m에서 300m에 달해 지상에서는 인지하기 어렵고, 경비행기를 타고 하늘에서 내려다보아야 구분이 쉬워진다고 했다. 이때 멀미를 주의하라는 내용도 포함되어 있었다.

나스카 문양 연구에 대단한 업적을 남긴 마리아 라이헤 박사

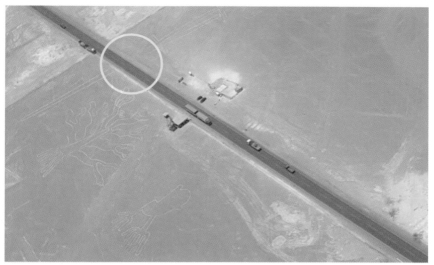

무분별한 고속도로 개발에 잘려 나간 문양

　나스카 라인은 이카에서 2시간 정도 거리의 사막에 존재한다. B.C.
200년 전부터 A.D. 500년 사이에 그려진 것으로 추정되는데, 1994년
유네스코 세계문화유산으로 등재되었다. 독일의 여성 수학자인 마리아
라이헤 박사가 나스카 문양 연구에 대단한 업적이 있다는 내용도 알려주

었다. 제사를 지내기 위해, 또 혹자는 외계인이 만들었다고 주장하기도 한다. 나는 아마도 열기구 같은 것을 만들어 타고 올라가 만들지 않았나 하는 것에 한 표를 던지고 싶다. 메마르고 척박한 사막 땅에, 그리고 강수량이 극히 적은 곳에 옛날의 라인이 오랜 시간 유지된다는 것도 참 신기했다.

드디어 비행기에 올랐고 하늘 위에서 바라볼 때 특이한 형태의 도형도 보였다. 그런데 인류의 유산인 그 귀한 문양을 가로지르는 고속도로가 있었다. 그 도로 위를 자동차와 큰 트레일러가 지나가면서 문양이 파괴되었다. 이제는 도로 등을 건설하게 된다면 나스카 문양 인근은 항상 예의주시하여 건설한다고 한다. 이런 내용을 스페인어, 영어가 아닌 한국어로 설명해 주어 무척 고마웠고 우리나라의 위상을 느낄 수 있었다.

* 페루의 잉카문명 마추픽추

페루에 있는 잉카문명의 고대 요새 도시 마추픽추(machu picchu)를

마추픽추 올라가는 기차 안에서의 기대감과 설렘

방문했다. 새벽 4시 호르헤 차베스 국제공항을 출발해 쿠스코(Cusco)시에 있는 공항으로 이동한 후 다시 버스를 타고 마추픽추 역에 오후 1시가 넘어

도착했다. 배낭을 메고 8시간 등산 코스로 올라가는 젊은이들도 볼 수 있었고, 일반 기차와 고급형 기차를 타고 오르는 사람도 있었다. 우리는 기차를 타고 올라가 마추픽추 입구에서 입장권을 사서 입장했다. 공중의 도시라고 불리는 세계 7대 불가사의 중에 하나인 마추픽추는 이제까지 사진과 텔레비전으로 많이 보았기에 가득 기대를 품고서 걸어 올라갔다.

오후의 날씨는 맑았고 많은 관광객으로 인해 우리 일행은 마치 군중 속에 떠밀려 올라가는 느낌이 들었다. 사진을 통해 본 단편적이었던 모습과는 달리 산을 배경으로 한눈에 펼쳐지는 신비의 고대 도시는 기대 이상의 감흥을 불러일으켰다. 정말 지구에 태어났으면 한 번은 꼭 봐야 한다는 생각이 들었다.

인티푸쿠(태양의 문)라는 마추픽추의 현관을 지나 돌로 지어진 석조 마을로 갔다. 이 마을에는 안데네스라는 계단식 밭이 있었다. 석조물을 통해 수로를 형성하고, 추정이지만 서민과 귀족의 주거지를 나눈 부락의 구분이 인상적이었다. 인티와티나(잉카의 해시계)를 보았고, 태양을 숭배하는 제단을 지나 전망이 좋은 곳을 둘러본 후 가이드는 자유시간을 주었다.

오후 2시부터 4시 40분까지 머물며 장관을 감상했다. 그곳에는 자연 방목되어 생활하는 리마가 많았는데, 우리가 가까이 다가가도 전혀 경계

신비롭고 경이로운 마추픽추 전경

하지 않았다. 양지바른 곳에서 햇볕을 쬐거나 풀을 뜯어 먹고 있었고, 간혹 이곳의 주인인 양 관광객의 이동 동선을 가로막는 모습도 펼쳐졌다. 좋은 풍경이 많아 이곳저곳을 배경으로 사진을 많이 찍었다. 외부의 침략을 대비해 만들었다는 퇴로의 길까지는 가보지 못해 아쉬웠다. 그도 그럴 것이 이곳에서는 충분한 시간이 주어지지 않았다. 페루의 전통 복장을 한 현지 학생들이 견학하는 듯한 모습을 볼 때는 마치 우리나라의 수학여행 온 아이들 같아 반가웠다.

수학여행(?)온 십여 명의 전통 복장의 학생들

마야 문명에 뿌리를 둔 잉카 제국은 그 명맥을 유지하다 15세기경 금을 차지하기 위한 스페인 정복자들에게 멸망 당했다. 비록 멸망하기는 했지만, 이처럼 커다란 돌을 다듬어 건축물을 만들고, 언덕 위에 다양한 구조물과 수로를 만들어 부락을 형성해 살아온 지혜는 참으로 놀랍다고 생각했다.

역사 속에는 소금을 위해, 후추를 위해, 또는 석유와 마약을 차지하기 위해 수많은 전쟁이 일어났고, 그때마다 크고 작은 피해를 남겼다. 현재 이곳은 스페인의 후손들이 상류층을 형성하고 있다. 페루인들은 스페인이 비록 정복은 했지만, 페루를 구원해 주었고 그들 덕에 부강해졌다고 믿는 사람들이 많다고 한다.

그런 말을 들으니 가깝고도 먼 이웃 나라 일본이 생각났다. 페루의 일부 사람들처럼 우리나라에도 일본이 우리나라를 합병하여 근대화의 기틀을 마련해 주었다고 주장하는 사람들이 있다. 우리는 그들을 친일파라 부른다. 일본은 우리나라의 근대화를 이루어 주기 위해 침략하지는 않았다. 그들의 이익을 위해 우리나라를 핍박하였을 뿐이다. 하지만 그것은 이제 과거의

그곳에 사는 라마는 사람과 친하고 온순했다

역사다. 언제까지 과거에 얽매여 살 수는 없다. 일본과 우호적인 협력 관계를 유지하여야 한다고 목소리를 내는 이들이 우리나라에는 적지 않다. 과거를 교훈 삼아 보다 발전적인 미래로 나아가야 한다. 여행을 하며 민족성이 다른 부분에 대해 많은 생각을 했다.

남미 여행은 애로사항이 많다는 이야기를 들었다. 소매치기를 비롯하여 황열병이나 고산병, 라마 분비물에 기생하는 기생충을 조심해야 한다는 것이다. 그런데 멋진 풍경에 잠시 방심했던 것 같다. 좋은 날씨에 얇고 긴소매 옷을 벗고 반 팔 옷차림으로 여행을 즐겼는데, 숙소에 돌아와 보니 양팔 수십 곳에 벌레에 물린 자국이 가득 있었다. 진물이 나는 등 소양증으로 일주일 정도 심하게 고생하며 여행해야 했다.

오후 6시 반에 기차역으로 이동하여 식사를 마치고 10시가 넘은 시간에 호텔로 돌아왔다.

피삭과 쿠스코

우루밤바를 떠나 피삭(Pisac)이라는 마을의 전통시장을 둘러보았다. 수많은 전통 수공예품을 거리나 상점에 전시하고 여행객을 맞이하고 있었다. 특유의 문양과 빛깔로 만든 옷가지나 모자, 카펫과 갖가지 장신구들

을 팔고 있었다. 시장을 둘러보다 옥수수 가게를 마주했는데, 옥수수 알이 엄지손톱만큼 큼지막했고 맛 또한 일품이었다. 지금도 그 맛이 생각날 정도이다. 시장에서는 열 살도 채 안돼 보이는 아이들 여럿이 새끼 라마를

쿠스코의 담벼락 일부를 형성하고 있는 12각돌. 어떻게 저 각진 큰 돌을 옮겨 축조했는지 건축술의 대단함을 느꼈다

비행기 안에서 K-Pop 찐팬이라고 같이 기념 촬영하자고 들이대던 페루 학생

안고 돌아다니며 관광객에게 사진을 찍자고 말하는 모습도 볼 수 있었다. 옛 시골 장터의 모습에 소박함과 정겨움이 가득했다.

버스로 쿠스코로 이동하여 잉카 석공의 섬세함을 엿볼 수 있는 12각돌(Twelve Angled Stone)을 관람했다. 가이드의 설명과 함께 각돌을 바라보는데, 기중기도 없는 시대에 돌을 조각해 마치 '테트리스 게임'을 하듯 촘촘히 쌓은 벽을 보며 석조 기술이 대단했음을 알 수 있었다. 조금의 빈

틈도 없이 정확하게 맞물린 돌들은 무척 정교했고 안정적이었다.

쿠스코 광장에 다다르니 여행객을 위한 것인지, 아니면 매일 그러한 것인지 다채로운 공연이 펼쳐지고 있었다. 광장 주변은 사람들로 붐볐고 현지 투어 안내소가 다양하고 많았다. 둘러보다 보니 한글 간판을 단 한국인 전문 여행사도 눈에 보여 반가웠다.

* 아르헨티나 부에노스아이레스

(2017년 10월 30일)

리마에서 일정을 마무리하고 8시간을 비행해 다음 날 오전 9시쯤 우리는 아르헨티나(Argentina) 부에노스아이레스(Buenos Aires)에 도착했

시장 내부의 마라도나 마네킹

다. 커다란 대륙이라 그런지 많은 시간을 비행기와 버스로 이동했고, 또 정해진 시간에 식사를 간단히 하고 다시 움직이는 일정이었다. 힘들었던지 약간 체력의 한계를 느끼기도 했다.

남미 여행을 준비할 때 '하 o 여행사'와 '오지 여행사'를 통해 일정과 코스, 그리고 가격을 정밀 비교해 보았다. 보통 오지 체험이나 트래킹을 즐기기 좋은 곳이지만, 우리 부부는 조금 편한 패키지여행을 선택했다. 남미 대륙 한 곳을 목표로 여행하는 것이라면 무리가 없겠지만, 여러 대륙을 다녀야 하는 우리의 일정에는 다소 버겁다는 생각이 들어 쉬운 길을 택했다. 비용도 비용이지만 시간, 체력 등 다양한 측면에서 고려할 때 현명한 판단이라 생각했다. '10년만 젊었어도…' 하는 생각은 떨쳐 낼 수가 없었지만.

부에노스아이레스는 남아메리카에서 가장 큰 도시이며, 아르헨티나의 수도이고 수도권 인구 1천 3백만 명을 자랑하는 항구 도시다. 지명은 스페인어에서 유래했는데, 번역하면 '착한 공기'로 '순풍'이라는 의미라고 한다.

남미 투어는 국가마다 가이드가 계속해서 교체됐다. 이번에 만나게 된 가이드 역시 강력범죄나 폭력은 없는 편이지만, 소매치기가 많으니 소지품 관리를 잘하라며 늘 당부했다.

큰 도로를 만나니 높은 건물이 보였고 사람과 차량이 상당히 많았다. 이곳도 여느 도시와 마찬가지로 러시아워가 시작되면 교통체증이 발생해 도심이 차로 가득하다고 한다. 그와 반면에 곳곳에 빈 점포가 많이 보여

도로 멀리 에비타(Evita) 초상이 보인다.

물어보니, 최근 경기 침체에 따라 경제 상황이 좋지 못해 그렇다고 설명해
주었다.

　멀리 보이는 건물 사이로 에비타(Evita)라는 애칭으로 불린 에바 페론
의 초상화가 눈에 들어왔다. 곧이어 도착한 곳도 에바 페론을 비롯한 유명
한 사람들의 묘지가 있는 레콜레타(Recoleta) 공동묘지였다. 1822년 도
심 속에 조성된 묘지는(입장료는 무료) 아르헨티나 역사를 수놓았던 많은
인물이 잠들어 있는 곳이다. 곳곳에 동상이 많았는데, 가이드의 말을 빌리
자면 이곳에 묻히려는 이들이 많아 예약할 정도라 한다. 그런데 좋은 곳은
묘지 가격이 우리나라 돈으로 3억을 호가한다고 한다. 그만큼 상징적인
장소임이 분명했다. 영화 〈에비타〉에서 마돈나가 불러 화제가 된 'Don't
cry for me Argentina'가 이곳에서 울려 퍼지는 것 같은 숙연함 또한 느

낄 수 있었다.

잠시 뒤 세계에서 가장 아름다운 서점인 엘 아테네오(El Ateneo Grand Splendid)에 들러 기념으로 책을 샀다. 뮤지컬극장을 서점으로 개조했는데, 큰 규모와 아름다운 건축에 넋을 놓고 한참을 바라보았다. 영어도 잘하지 못하면서 스페인어를 공부할 생각으로 산 당시의 책은 지금 책장에서 먼지만 가득 쌓이고 있는 신세가 되었다.

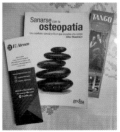

스페인어로 된 골다공증 관련 책자(스페인어를 배워볼 생각으로 샀으나 집안 책장에 먼지만 쌓인 채 꽂혀 있음)

시장 입구의 인기 있는 조형물로 장식된 건물

부에노스아이레스의 상징적인 조형물
(Floralis Genrla)

아름답게 꾸며진 엘 아테네오 내부

뒤편에 탱고 추는 댄서와 생맥주와 음식을 팔고 있는 것이 보인다.

　　각국에서 온 많은 여행자가 모여있는 곳을 향하니 탱고(Tango)의 도시답게 춤을 추는 무대가 펼쳐 있었다. 복잡한 시장의 입구인데 개방된 작은 무대 위에서 남녀가 능숙한 솜씨를 자랑하며 탱고를 추고, 거리의 상인들은 음식과 맥주를 팔며 흥을 돋웠다. 건물 2층 베란다에 보이는 마네킹과 유사한 인형이 특이하면서도 매우 인상적이었다.

*브라질 포스두이구아수

포스두이구아수(Foz do Iguacu) 리우데자네이루(Rio de Janeiro)
(2017년 10월 31일 ~ 11월 3일)

이른 아침 조식을 마치고 공항으로 이동해 약 6시간을 날아 포스두이
구아수(Foz do Iguacu)에 도착했다. 그곳은 브라질 남부에 있는 이구아

이구아수 폭포의 장관을 보기 위해 가는 관광객 행렬

수 폭포(Cataratas do Iguacu)로 유명한 도시이다. 이구아수 폭포는 아
르헨티나와 브라질에서 동시에 볼 수 있지만, 각기 다른 장관을 연출한다.
비행기에서 내려 폭포로 향하는 길은 간이 열차를 이용했는데, 젊은 사람
들은 가방을 메고 트래킹으로 움직이는 모습도 보였다. '이구아수'는 원
주민 말로 '크고 위대한 물'이라고 한다. 그 뜻답게 폭포의 거대함을 보기

위한 각국 사람의 행렬이 끝도 없이
이어졌다.

이구아수의 많은 폭포 중에서 꼭
봐야만 한다는 '악마의 목구멍
(Garganta del Diablo)'이라는 곳에
다다를 즈음 폭포수의 굉음이 점차
커져만 갔다.

이구아수 폭포로 가는 간이 열차

"우와! 세상에나"

마주하는 순간 웅장함과 거대함에 연신 혼잣말로 중얼거렸다. 나이아
가라, 빅토리아와 더불어 이곳 이구아수는 세계 3대 폭포 중 하나다. 270
여 개에 달하는 크고 작은 폭포에서 쏟아지는 물줄기를 보고 나면 삶을 바
라보는 시각이 달라지며, 인생은 이구아수에 다녀가기 전과 후로 나뉘게
된다는 이야기가 있을 정도이다. 더욱 그러할 것이 가이드의 설명을 들으
니 전날의 폭우로 쏟아지는 물의 양이 평소보다 훨씬 더 많이 늘어났다고
한다. 굉음을 내뿜으며 쏟아지는 물줄기가 빛에 반사되어 무지개를 만들
어 내는데, 그저 한동안 멍하니 바라만 볼 수밖에 없을 정도로 빨려들었
다. 우주를 삼킬 듯한 약간의 두려움과 신비롭고 장엄한 평화를 동시에 느
끼는 기분은 정말 황홀했다. 흔히 떨어지는 물의 양은 나이아가라 폭포가
으뜸이며, 빅토리아 폭포는 높이가 장관이고, 이곳 이구아수 폭포는 넓은

폭포의 엄청난 수량과 굉음, 놀라움

떨어지는 폭포수 앞에 생긴 무지개

악마의 목구멍 관망대 앞의 관광객들

브라질 전망대에서 보는 이구아수 폭포

면적을 자랑한다고 한다.

드디어 악마의 목구멍에 도착해 말발굽 모양과 마주했다. 폭은 150m에 달하고, 길이는 700m이며, 건물 20층 높이와 비슷한 70m에서 떨어지는 굉음은 실로 어마어마했다. 저 목구멍에서 떨어진다고 생각하니, 인간은 얼마나 나약한 존재이며 반대로 자연은 위대하다는 생각이 들었다. 아내와 나는 서로를 바라보며 놀라움에 한껏 상기된 얼굴이었지만, 마음만은 숙연함을 유지하려 노력했다.

포스두 이구아수는 브라질 남부의 파라나주에 있는 도시이다. 2014년 FIFA 월드컵 당시 우리나라의 베이스캠프가 차려진 도시라는 이야기를 들었다. 오늘은 브라질에서 이구아수 폭포를 볼 예정이다. 전망대에 서서 폭포를 바라보는데 어제보다 다소 감흥이 반감되었다.

점심 식사 후 오후에 폭포 밑까지 보트를 타고 갈 예정이라 가이드는 우비를 챙겨 주었다. 폭포 지류의 바로 밑까지 여러 번 회전하여 얼마나 젖을까 했는데 속옷까지 완전히 젖었다.

산악케이블을 타고 전망대 관광, 아내는 뭔가를 열심히 적고 있다.

브라질 이구아수 폭포 국립공원 옆에 자리한 조류공원을 관람했다. 열대 우림의 멸종위기 새들을 보호하는 곳이라고 한다. 직접 눈으로 인접한 곳에서 보는 체험을 했는데 우리에게는 좋은 경험이 되겠지만, 갇혀 있는 새들에게는 가혹하다는 생각이 잠시 들었다. 금강 앵무새를 가까이서 보았는데 생김새와 크기가 상당히 인상적이었다.

* 브라질 예수상

조류공원을 나와 공항에 들러 비행기를 타고 4시간을 이동하여 브라질의 과거 수도였던 리우데자네이루(Rio de Janeiro)에 도착했다. 리우데자네이루는 축구의 성지로 불리는 도시이며, 축제의 대명사인 '카니발'이 열리는 곳이다. 카니발은 브라질은 말할 것도 없고, 세계적으로 손꼽히는 축제이기도 하다. 먼저 리우데자네이루 전망대(Triha do Morro da Urca)를 가니 많은 이들이 케이블카를 타고 이동했다. 1974년 현대식 케

홍보관에 있는 미녀 사진

새로 단장하는 경기장의 퍼포머

거대한 크기의 브라질 예수상

사진 촬영 때 가장 잘 나온다는 자세/옆 관광객은 등 깔판과 셀카봉을 준비해서 여러 각도로 촬영 중이다.

이블카로 교체한 후 영화 007시리즈의 촬영 무대가 되었고, 이후 더욱 유명해졌다. 코파카바나 해변과 브라질 예수상을 멀리서 관망할 수 있는 최적의 장소였다.

브라질 예수상(Cristo Redentor)은 많은 이들에게 리우를 알린 대표적인 건축물이다. 우리도 그리스도상을 만나기 위한 여정에 나섰다. 코르코바두(Corcovado)라는 710m 높이의 산에 위치해 트램(Tram)을 타고 올라갔다. 이 산의 이름이 포르투갈어로 '척추후만증'을 의미한다고 해서 봤더니 전체 모양이 특이하긴 했다. 이윽고 전망대에 오르니 리우의 시내 경관뿐만 아니라 여러 해안까지도 볼 수 있었다. 그리고 그리스도상을 마주했는데 어마어마한 크기에 압도당했다. 받침대까지 합한 높이가 자그마치 38m라고 한다.

관광을 마치고 내려와 저녁 식사를 한 뒤 해변을 걸었다. 그리고 한반도 반대편의 파도 소리를 즐기며 시원한 맥주를 마셨다.

우리 일행의 다음 여행지는 축구경기장인 마라카낭(Maracanazo)이다. 1950년대 건설된 경기장으로 최대 입장 가능 인원이 20만 명을 넘을 정도로 규모가 크다. 월드컵을 포함해 유명한 스타 플레이어들이 경기를 치른 곳이라고 한다. 내부를 구경하지 못해 아쉬웠지만, 입구에서 사진으로 기록했다. 지금도 그 웅장함이 눈에 선하다.

다음으로 셀라론 계단(Escadaria Selaron)을 방문했다. 리우데자네이루의 랜드 마크로 여겨지는 화려한 계단으로, 칠레 예술가인 호르헤 셀라론이 빈민가의 허름한 계단을 215개의 화려한 타일로 장식해 만들어 유

20만 명을 수용할 수 있는 마라카낭 축구경기장

명한 관광명소가 된 곳이다. 우리 부부 투어 종착지는 리우 데자네이루 갈레앙 국제공항 까지이고 일부는 상파울로로 향하며 나머지 대부분의 일행 들은 브리질리아로 여행을 지 속했다. 리우 공항에서 간단한 식사를 함께 하면서 석별의 인 사를 나우었다.

우리는 애틀랜타 행 비행기 티켓을 구매하는데 예약 된 좌

리우데자네이루의 랜드 마크인 셀라론 계단

셀라론의 수많은 관광객

석이 없다는 황당한 이야기를 듣게 되었다.

'아뿔싸!'

남미투어로 일정이 변경되면서 〈대한항공 세계일주팀〉과 변경 사항을 조율한 후 확인 절차를 잊었던 것이다. 리우데자네이루 공항에는 대한항공 지사가 없고 상파울로 공항에는 지사가 있다고 한다. 공중전화 카드를 구입 후 상파울로 공항으로 전화를 하는데 생판 들어보지 못한 포르투갈

비키니 미녀들을 볼 수는 없었으나 코파카바나 해변가의 모래 조형물

어가 들려오는 것이다. 잠시뒤 영어를 사용하는 교환원이 전화를 받아주었는데 전화상 잡음과 나의 어눌한 영어 실력으로 커뮤니케이션이 전혀 이루어지지 않았다. 서울 소재 대한항공 지사 측과 통화하고 싶었지만 보통 20~30분 정도 소요되었기에 다른 차선의 방법을 찾아 보기로 했다. 생각해낸 다른 방법은 조카 찬스였다. 브라질리아와 뉴욕의 시차는 1시간이라 뉴욕에 거주하는 조카에게 전화를 걸어 해결 방법을 찾았다. 조카를 통해 서울 대한항공 세계일주 팀과 통화를 했고 우여곡절 끝에 문제가 해결이 되었다. 여행을 준비하는데 영어 준비를 하려면 '사먹는영어'가 아닌 '파는영어'가 되어야 좀 더 여행을 여행답게 느끼며 즐길 수 있다고 생각한다.

* 말레이시아로 가기 위한 미국 애틀랜타행

브라질에서 말레이시아로 가는 직항편이 없어 우리는 다시 미국으로 향했다. 미국의 애틀랜타(Atlanta)로 가서 그곳에서 학업 중인 조카를 만나기로 했다. 기나긴 비행을 마치고 애틀랜타에 도착했다.

미국 동남부 조지아주에 있는 애틀랜타는 메트로폴리탄 지역에 속해 있다. 뉴욕과 휴스턴 다음으로 3위의 경제 도시다. 포춘 1,000대 기업의 75%가 애틀랜타에 있지만, 'FBI' 보고에 따르면 범죄가 가장 많은 부끄러운 이면을 가진 도시이기도 하다.

공항에서부터 시내에 이르면서 그때도 흑인이 많았던 기억이 있다. 1995년 전문의 시험 후 은사님과 'ASOS' 학회 참석차 다녀온 곳인데 그

스톤 마우틴 공원의 벽화 / 이번 여행에서는 마운트 러쉬모어에는 올라가지 못해 아쉬웠다.

애틀란타 CNN 입구에서 조카와 함께

때도 그랬던 기억이 있다.

Airbnb로 숙소 예약을 마치고 '코카콜라'와 'CNN' 본사를 구경하러 나섰다. 저녁을 먹고 숙소로 돌아오는 길은 조금 어두웠다. 주유소를 지나 걷고 있는데 어두운 물체 하나가 우리 길을 막아 서면서 쪼그리고 앉아 스윽하고 손은 내밀었다. 아내는 깜짝 놀랐고, 자세히 보니 Begger(동냥하는 거지를 칭함)였다.

"Sorry. No coin!"

이렇게 말하니 순순히 돌아갔다.

근처에 햄버거 가게가 있어 들렀는데 마침 한국 교민이 운영하는 레스토랑이라 잠시 머물렀다.

낮에는 큰일이 없는 곳이지만 어두워지면 조금은 무서운 도시로 변하는 듯했고, 한인 사장님도 밤이 되면 사람들은 피하는 것이 좋다고 조언해 주었다. 앞으로도 어두운 밤길은 항상 조심해야 할 것 같았다.

1995년 애틀랜타 미국 정형외과학회(AAOS)에 은사님과 갔을 때를 생각하며 근처의 해부학 전시관 관람

아메리카 여행 일정을 마무리하고 우리는 말레이시아(Malaysia)로 갈 예정이다. 은퇴한 이들이 이주를 목적으로 오는 경우가 많아 우리 부부도 몇 년 전부터 시행되고 있는 말레이시아 마이 세컨드 홈(MM2H; Malaysia My 2nd Home) 비자 프로그램으로 입국할 계획을 세웠다.

내부촬영을 금지해서 관람만 하고 돌아옴

이동을 위해 대한항공의 스카이팀과 미리 준비한 e티켓을 확인하는데, 약간의 차질이 빚어졌다. 목적지인 말레이시아로 가기 위해서 직항을 예약했지만, 일정 변경으로 '대만'을 경유해야 한단다. 결국 대한항공에 전화 통화를 하고 변경을 요청했다. 페널티 3만 원까지 납부한 후 피곤했던 우리는 바로 잠을 청했다. 그런 다음 말레이시아를 가기 위해 LA로 향했다.

East Asia

* 동아시아

(2017년 11월 4일 ~ 2018년 1월 22일)

* 타이완을 경유하여

삼성물산이 건설에 참여한 타이베이 세계금융센터 건물

LA 국제공항을 떠나 12시간을 비행하여 타이완 타오위안 국제공항(Taiwan Taoyuan International Airport)에 도착하니 폭우성 소나기 같은 비가 내렸다.

'타이베이101' 이라고 불리는 101층의 타이베이 세계금융센터(Taipei World Financial Center)를 보기 위해 이동했다. 타이베이 금융센터는 많은 관광객이 찾는 곳으로, 매표소가 있는 5층부터 전망대까지 불과 37초 만에 도착해, 세계에서 가장 빠른 엘리베이터로 기네스북에 등재되어 있다.

전망대에 올라 시내를 바라보며 공차 한 잔씩을 나눠 마셨다. 대한민국의 삼성물산이 시공을 합작했고, 세계에서 10번째로 높은 빌딩이라고 한다. 다시 한번 한국이 자랑스러웠다. 온종일 비가 내렸고, 비 내리는 대만

전망대에서 공차 한 잔

에서의 밤이 이렇게 지나갔다.

　장마철은 5~~6월경이라고 하는데, 11월인데도 계속해서 우리나라 장마철보다 훨씬 많은 양의 비가 연일 내렸다. 아내가 중국 음식 향에 거부감이 있어 우산을 들고 근처 만둣집을 찾아 면과 만두를 사서 주로 숙소에서 먹었다. 그동안의 여행 피로가 누적되어서인지 책자 및 블로그에 올라온 명소를 둘러보기로 하려다가 포기하고 자고 먹으며, 지나온 여행 사진을 보면서 거의 숙소에서만 생활했다.

　Airbnb 호스트 모녀는 우리가 여행 가방을 들고 와서는 여행도 안 하고 방에만 죽치고 있으니 간첩으로 오해했을 것이다. (ㅎㅎ)

* 한국인이라는 자부심을 느낀 말레이시아

　공항으로 이동해서 우리는 쿠알라룸푸르(Kuala Lumpur)행 비행기에 몸을 실었다. 도착과 동시에 숙소에서 간단히 짐만 정리하고 나와 CIMB(Commerce International Merchant Bankers) 은행을 찾았다. 담당 직원과 미팅하고 MM2H 비자에 필요한 서류를 갖춰 절차를 진행했다.

쿠알라룸푸르 시내의 파
빌리온 쇼핑센터. 11월
중순인데 크리스마스 장
식이 화려했다.

MRT를 타고 가던 중 본 한창 개발 중인 도심

MM2H 비자는 외국인이 10년 동안 말레이시아에 체류할 수 있도록 말레이시아 관광청과 말레이시아 이민국에 의해 추진되고 있는 프로그램이다. 쉽게 말해 영주권 개념이라 할 수 있다. 신청자의 나이에 따라 다르지만, 특정 기준을 충족하면 신청할 수 있고 신청자는 배우자, 21세 미만의 미혼 자녀, 60세 이상의 부모를 동반할 수 있다. 50세 이상인 나는 조금 간단한 편이었는데, MYR150,000(약 4천5백만 원)의 고정 예금 계좌를 개설하고 최소 MYR10,000(약 3백만 원)의 연금이나 소득을 증빙하면 조건이 된다. 최근 개정안은 액수와 기간이 많이 강화되었다. CIMB 은행 업무를 마치고 숙소로 돌아왔다.

첫 Airbnb는 현지인이 운영하는 부킷빈탕(Bukit Bintang)이라는 시내 중심가에 있는 곳으로 정했다. 현지인인 호스트는 한국인에 대한 동경과 호감으로 우리를 맞아 주었고, 남편과 직장동료인 한국 사람들도 매우 좋다며 칭찬을 늘어놓았다. 숙소 주위에는 어떤 관광지가 있는지, 번화가는 어떻게 찾아가는지 등 아주 친절하고 자세히 설명해 주었다.

설명을 참고하여 나설 준비를 하고 택시를 이용했는데, 역시나 운전기사도 한국인에 대한 호감이 대단했다. 창밖으로 거리 풍경을 살피니 많은 차 중에 '기아자동차'가 이따금 보였다. 나중에 이야기를 들었지만, 말레이시아에서 수입차를 타는 사람은 부유층일 거라고 했다. 왜냐하면 비록 일본산 부품 대부분을 사용하여 만드는 동남아 유일의 현지 제조사가 있지만, 수입차를 타면 상당한 세금을 부과한다고 한다. 그래서 '현대자동차'를 타고 싶은 로망이 있는 사람들이 간혹 있다는 이야기를 듣고 괜히 어깨가 펴지고 자부심이 생겼다.

우리 부부는 이곳 사람들이 더운 지역이라 게으르다는 선입견을 조금 가지고 있었지만, 시내 중심가에서 느껴지는 풍경은 전혀 그렇지 않았다. 매우 활기차고 바쁘게 움직였다. 택시에서 내려 파빌리온 쿠알라룸푸르 (Pavilion Kuala Lumpur)라는 쇼핑몰을 구경했는데, 유명 브랜드 가게 가 상당히 많이 입점해 있었다. 도시철도를 말하는 MRT(Mass Rapid Transit)를 타고 숙소로 돌아오는 길에는 곳곳에 공사 구간이 보여, 개발 을 위해 많은 투자를 하는 듯이 느껴졌다.

아내 귀에 생긴 문제

건강하게 여행을 즐기던 아내가 불편함을 호소했다. 여행을 준비하 고 있는데 갑자기 귀에서 이상한 소 리가 들린다는 것이다. 그리고 소리 도 잘 들리지 않는단다. 갑작스러운 이명이나 난청이 발생한 것 같아 이 비인후과를 찾았지만, 호스트와 주 위 사람들이 잘 모른다는 표정을 지 었다. 다급한 마음에 행인에게 물어

파빌리온 지하에 있는 보청기 센터 원무과

말레이시아 국왕이 살고 있는 왕궁

보니 어제 다녀온 쇼핑몰 지하에 병원이 있다는 정보를 주었다.

　파빌리온 지하로 급하게 달려가 보니 보청기를 판매하는 가게였지만,

외이도염을 진료하고 치료도 하는 듯이 보였다. 잠시 진찰해보더니 소견

서를 한 장 써 주었다. 귀지가 막혀 청력 손실이 왔다고 종합병원으로 가든지, 이곳에서 제거하든지 선택하라는 것이다. 다행이었다. 엄청나게 긴장하며 달려왔건만 귀지라니….

생리식염수를 넣은 후 귀지를 제거했고, 아내는 언제 그랬냐는 듯 웃으며 일어났다. 우리 부부가 건강하기에 이처럼 여행을 다니는데, 갑자기 아프다는 것이 얼마나 큰일인지 다시 한 번 생각하게 된 순간이었다. 다시 건강해진 아내에게 감사했다.

동굴 입구에서 만난 272 숫자

시티투어를 나설 준비를 마쳤다. 미리 투어를 위한 예약을 했고 식사 후 집을 나섰다. 로열 셀랑고르 주석공장 (Royal Selangor Visitor Centre)을 거쳐 동굴로 이루어진 힌두교 사원인 바투 동굴(Batu Caves)로 첫 투어를 시작했다. 입구에 도착하니 황금색의 '군주 무루간' 동상이 자리하고 있었다. 동상을 지나고 사원까지는 272개의 계단이 펼쳐진다. 이 계단의 숫자 '272'는 인간이 태어나 저지를 수 있는 죄의 수라고 한다. 계단은 3개로 나누어지는데 좌측은 과거의 죄, 중앙은 현재의 죄, 우측은 미래의 죄로 계단을 오르내리며 과거, 현재의 죄는 물론 미래의 죄까지 미리 참회한다는 의미가 있다고 했다. 한 계단 한 계단 오르며 나의 인생 과거와 지금 그리고 미래를 떠올려 보며 걸어 올랐다. 양쪽으로 원숭이들이

바투 동굴 앞

몽키힐에서 베컴 원숭이와 함께

경계심 없이 먹이를 달라며 아우성치는 모습도 보였다.

옛날 요새의 유적이 남아 있는 멜라와티 언덕(Bukit Melawati)을 관광하고 원숭이 언덕(monkey hill)에 가서 베컴 원숭이를 만났고, 다시 반딧불이 공원(Firefly Park)으로 이동했다. 마지막으로 페트로나스 트윈 타워(Petronas Twin Towers)를 관광한 뒤 숙소로 복귀했다. 짧은 하루를 이용해 시티 투어를 마치고 도착한 숙소는 가성비가 최고였다고 서로 평가했다.

"믈라카 관광이 곧 말레이시아 관광입니다."

서울에서 공무원 공부하던 막내아들이 우리 부부 여행에 먼저 합류했다. 우리는 함께 말레이반도의 서남부 믈라카 해협에 있는 믈라카주(Malacca)로 버스를 타고 움직였다.

"믈라카 관광이 곧 말레이시아 관광입니다."

누군가가 한 말을 들었거나, 아니면 어느 글귀에서 본 듯하다. 박물관과 유적지 등 명소가 많은 곳이지만, 우리의 일정에는 폭우가 함께했다.

택시로 이동하는 중에 아내에게 '버스를 타고 올 때 잠을 자더라!' 했더니 안 잤다고 한다. 놀리고 싶은 생각에

"코까지 졸던데!"
"아니, 안 잤다니까요."

발끈해서 안 잤다고 반박했다. 아들이 있어서 인지 대립각을 더욱더 세운다. 그 순간 아들이 큰 목소리로 훅 치고 들어왔다.

"여행하면서도 싸워요?"

아들의 말을 듣고 당황과 혼돈으로 머리가 어지러웠다. 아들이 아직 오춘기(?)가 안 지나갔나 보다. 택시 기사는 의아해하면서 나를 보았다.

"No problem"

택시 안의 분위기가 영 어색해졌다. 믈라카 숙소에서 저녁도 각자 먹

고 난 후 아내와 나는 밤 늦도록 언쟁을 했다. 아내는 심각한 표정으로 말했다.

"이렇게 싸우는 여행이라면 그만두고 한국으로 복귀하는 것이
　낫겠어요."

그 말을 듣고

"세계 일주 티켓이 있으니 복귀하는 것은 문제없으나,
　한국 가서 남은 인생 여행길은 불편한 외길 인생이 될 거야."

라고 말하며 나는 화를 냈다.

공항에 도착할 때마다 숙소를 잡아야 하는데, 공항 WI-FI로 친구들과 카톡으로 수다를 떨더니 요새미티에서 짐은 무거운데 '다용도칼'을 끝까지 구매하던 일, 패딩턴 역에서 스테이크 먹자고 할 때 화를 내던 일 등등 주마등 같이 다툰 일들이 떠오르며 언쟁은 계속되었다. 숙소 밖에는 스콜비인 줄 알았는데, 주구장창 폭우가 쏟아지고 있었다.

'트러블'은 사소한 것이 누적되어 감정 문제로 진행되면서 심각한 상태에 다다를 때 발생한다. 임계점을 넘을 때 서로가 조심하며 피해 가는 요령을 터득했을 거라 우리는 흔히 생각한다. 사소한 트러블이 누적되고 장기화하면 고름이 되어 터져 나오듯이 폭발하고, 한참 시간이 지난 후에

야 창상 치유가 된다. 이러한 과정을 잘 피해 가는 것이 부부 인생 여정에서의 지혜가 아닌가 싶다. 일상생활을 하면서 부부가 같이 산다고 해도 동업, 맞벌이가 아닌 다음에 서로 보고, 이해하고 살아가는 것이 하루 중 몇 시간이나 될까 싶다. 침대에서 방귀 트임을 해야하고, 장시간 여행하면서 동고동락을 해봐야 진짜 부부 사이가 되는 게 아닐까 싶다.

결론 없이 다음 날 싱가포르 여행을 위해 휴전하기로 하고 나는 거실로 나와 잠을 청했다. 그러나 이미 서로의 마음을 이해하고 덮고 가자는 뜻을 느낄 수 있었다. 그칠 줄 모르고 쏟아지는 폭우는 종일 우리와 함께했다.

* 섬나라 싱가포르

섬나라이자 항구 도시로 유명한 국가인 싱가포르(Singapore)에 도착했다. 좋은 호텔이 많기로 유명한 국가이지만, 그에 따라 물가도 상당히 비싼 것이 피부로 체감이 되었다. 그래서 저렴한 Airbnb를 예약했는데 좁지 않을까 염려스러웠다.

한인이 판매하는 패키지 관광 티켓을 구매하여 유명한 휴양지인 센토사섬(Sentosa)으로 함께 움직였다. '작은 놀이 왕국'이라 불리는 만큼 해양 스포츠 시설과 볼케이노 랜드, 동양 최대의 해양수족관이 있어 많은 관광객이 찾는 곳이라고 한다. 메가 파크(Mega Adventure Park)에서 '메가 짚'이라는 짚라인 액티비티를 즐기며 슬로프에 매달려 실소소 비치까지 내려가는 동안 많은 곳을 내려다보았다. 메가 짚을 타고 내려가는 시간

야경 속 멀리 마리나 베이가 보인다.

은 큰 힐링의 시간이 되었고, 우리 가족 3명의 어제저녁 앙금을 모두 해소

시켜 주었다.

　다음으로 초대형 수목원을 자랑하는 가든스 바이 더 베이(Gardens by

the Bay)에 들렀다. 마리나 베이의 물가에 있는 101헥타르의 이곳은 플

라워 돔과 클라우드 포레스트 냉각 온실로 세계에서 가장 큰 기둥 없는 온

실이다. 160가지의 종과 32,000개가 넘는 식물이 있으며, 실내에서 가장

큰 폭포와 35m 높이의 클라우드 마운틴이 있다. 수목원을 걸으며 세 식

구가 모처럼 오붓한 시간을 만끽할 수 있었다.

　저녁이 무르익자 야경을 보기 위해 호텔 마리나 베이 샌즈(Marina

싱가포르의 플라워 돔

플라워 돔의 드래곤 형상의 나무 조각물플라워 돔의 드래곤 형상의 나무 조각물

센토사섬의 짚라인/가족간의 응어리를 풀어준 높이 75m 길이 450m의 메가 짚

마리나 베이 근처의 가든 랩소디(금속 나무로 이루어진 구조물로 시간마다 변화하는 조명과 음향이 환상적이었다.)

싱가포르는 물가가 비쌌고, 가격에 비해 숙소는 너무 형편 없었다.

Bay Sands)로 갔다. 배 모양의 수영장을 머리에 얹은 200m 높이의 세 개 건물로 이루어진 리조트인데, 명실상부 싱가포르의 랜드마크인 듯하다. 인공 나무에 조명을 넣어 일정한 시간마다 색이 바뀌며 조명 쇼가 펼쳐졌으며, 많은 정성과 고도의 아이디어가 접목된 것처럼 느껴졌다. 별천지에 온 듯한 기분이 들고 싱가포르에서만 느낄 수 있는 특색있는 밤을 보낼 수 있었다.

* 가족과 함께 코타키나발루 여행

코타키나발루(Kota Kinabalu)는 말레이시아 사바주의 주도로, 말레이시아 동부 보르네오섬 최대의 도시이다. 우리 부부의 여행에 큰딸이 합류했다. 큰딸은 한국에서 바삐 업무를 마무리하고 뒤늦게 말레이시아에 도착했다.

감격의 상봉을 뒤로하고 우리 식구들은 수영장으로 향했다. 스쿠버 다이빙(Open water swimming)을 배우기 위해서다. 바다와 강, 호수 등 자연의 물속에서 장거리로 수영하기 위한 강습인데 비디오를 시청하고 연습을 이어 나갔다. 수업을 마치고 선착장으로 이동해 사피섬(Sapi Island)으로 들어갔다. 다이빙을 즐기고 물속에서 '물 도넛 만들기'도 하며 즐겁게 시간을 보내고 나니 점점 배가 고팠다.

물 도우넛 만들기

이마고몰의 줄서서 대기하는 레스토랑

인근에 조그만 뷔페가 있어 들어가 허기를 달랬다. 아내는 수영도 잘했고 수업도 잘 들었지만, 뒤로 입수하는 다이빙 연습을 하던 중 코에 물이 들어가 스쿠버 다이빙을 중단했다. 겁이 조금 있는 편이라 강요하지 않았다. 비록 사설 업체에서 형식적으로 부여하는 것이지만 스쿠버 다이빙 기초 자격증을 받았는데, 함께하지 못한 아내는 많이 아쉬워했다.

이벤트와 여행을 좋아하는 둘째 딸까지 합류하여 우리 가족은 다섯 명의 완전체를 이루었다. 휴가를 내어 서울에서 출발해 늦은 밤 11시에 공항에 도착했다. 우버(Uber)를 타고 마중을 나가 딸을 맞이했다. 오랜만에 만나는, 그것도 먼 이국에서 만났기에 반가움은 각별했다.

시장 구경과 쇼핑

시장 구경과 쇼핑을 즐기러 나왔다. 둘째 딸의 제안으로 '미키마우스' 단체 티셔츠와 해변에서 입을 비치 셔츠를 흥정하여 샀다. 그곳에서 옷의 정찰제는 의미가 없어 보여 금액의 절반을 먼저 깎은 뒤 그들이 부른

작은딸의 제안으로 구입한 미키마우스 단체복

가격의 2/3 정도에 사는 게 적당하다고 판단했다.

쇼핑을 많이 했는데 이유가 있었다. 우리 부부의 짐은 화물 캐리어

탄중아루 석양을 보기 위해 예약한 자리 테이블

22kg과 기내 3kg으로 정해져 있지만, 세 명의 아이들 편으로 보내면 되었기에 그동안 미루고 있던 쇼핑을 마음껏 즐겼다. 한국에서 응원해 주는 많은 이들의 선물을 고르면서 오랜만에 신나는 쇼핑을 한 것 같다.

세계 3대 석양 유명지 중의 하나인 코타키나발루 탄중아루 해변에서의 석양

단체 유니폼을 입고 세계 3대 석양을 볼 수 있다는 기대감으로 탄중아루 해변(Tanjung Aru)으로 이동해 휴식하며 사진을 찍었다. 꿈만 같은 '오십 발가락(우리 가족을 칭하는 애칭, 발가락 수가 열 개 곱하기 다섯

탄중아루에서 석양이 질 때까지 기다림

사람이라 오십 개)만을 위한 시간
을 갖기에 충분했다.

오랜만에 외국에서 온 가족이
모여 함께 여유를 만끽하며 멋진
풍경과 맛있는 음식을 나눠 먹으니
정말 좋은 시간의 연속이었다. 큰
딸과 아들은 사회생활 준비로 고민

오십 발가락의 코타 현지복 장착

과 걱정이 많을 텐데, 시간을 내줘 고마웠다. 최근 독신을 이야기하며 홀
로 살아가는 이들도 많겠지만, 결혼하여 가족을 이루고, 오늘처럼 다 함께

상글리라 탄중아루의 일몰 포인트에서 기다림/그날은 비가 와서 못 보고 돌아옴

지하의 마트에는 태극기와 함께 한국 음식이 가득하다.

웃고 떠들며 희로애락을 공유하는 삶이 더 가치 있는 삶이라는 생각이 들었다. 아직도 우리 부부는 자식 걱정에 여념이 없지만, 우리에게 기대지 않고 스스로 무언가를 해내기 위해 노력하는 모습을 보니 안타깝기도 하고, 한편으로 대견하다는 생각이 들었다.

먼 이국에서 온 가족이 함께 바다를 바라보며 충전하는 시간이 되었다. 행여 지치고 힘들었던 마음이면 재충전하는 기회가 되어, 각자 주어진 삶으로 돌아가서도 늘 지금처럼 밝고 즐거운 삶을 살아가는 아이들이 되기를 바랐다.

코타키나발루에서 아쉬운 작별의 시간이 찾아왔다. 맛있는 식사를 마치고 큰딸과 작은딸은 서울로 가기 위해 시간에 맞춰 공항으로 출발했다. 늘 지금처럼 밝고 즐거운 삶을 살아가는 성인이 되기를 기원해 보았다.

* 어머니와 큰 누님과 함께한 여행

하지만 허전한 마음도 잠시, 다음 날 어머니와 큰 누님이 이곳에 오셨다. 미리 공항에 나가서 기다리는데, 오랜만에 마주한 어머니는 무척 건강한 모습으로 출국장을 빠져나오셨다. 보청기만 하셨을 뿐 큰 지병도 없으셔서 팔십 후반의 연세에 5시간이라는 피곤한 비행을 하셨음에도 밝은 표정으로 웃음을 지으셨다.

"피곤하시겠어요. 얼른 씻고 푹 쉬세요."

내일 일찍 사피섬으로 갈 생각으로 편히 주무시길 바랐는데, 어머니는 소풍을 온 기분이 들어 쉽게 잠이 오지 않는다고 하셨다. 자주 찾아뵙지 못해 늘 뵙고 싶고 걱정이 많았는데, 큰 누님이 선뜻 모시고 온다고 해 고맙고도 미안한 마음이 동시에 들었다.

여행에 들뜬 어머니는 이른 시간 즐거운 표정을 감추지 못하며 아침 인사를 건네셨다. 그러고는 우리 부부를 잠시 부르시더니 봉투 하나를 내놓으셨다. 서울 은행에 들러 달러를 환전해 왔다며 우리에게 전해 주셨다.

매달 용돈으로 일정 금액을 보내 드리는데 살짝 열어 보니 얼추 1년 치의 금액이 들어있었다. 미리 준비한 비용으로 여행 중이라 필요 없다고 해도 받아 두라고 말씀하셨다.

예전 어머니는 우리 다섯 형제가 시험을 치르는 날이면 격려의 의미로 용돈을 주셨다. 나이가 든 내가 아직도 자식은 자식인 모양이다. 아니면 장기간의 여행이 꼭 시험을 보러 가

는 것처럼 느껴지셨을 수도 있겠다는 생각이 들었다. 우리도 할머니의 전통을 이어줄 생각으로 아들, 딸들이 시험을 보는 날이면 힘내라는 의미로

키나발루산의 전망대

포링 핫스프링 온천 캐노피 (출렁다리)

코타사피섬에서 어머니와 누님. 어린 소녀시대
(당시 87세, 65세)

용돈을 송금해 주었다. 좋은 것을 알려주신 어머니에게 고맙다고, 잘 이어

나가겠다고 말씀드리고 싶다. 받은 돈이 생각보다 많았다.

"어머니, 돈을 많이 주셔서 그러는데, 손자가 호주로 친구 만나러

쿠알라룸푸르 쌍둥이 빌딩

가는데 달러 용돈을 조금 줄까요?"

"안돼. 내가 내 아들에게 주는 용돈을 왜 너의 아들을 주냐."

이렇게 말씀하시고 웃으며 맛있는 것도 사 먹고 사고 싶은 것도 사라

코타키나발루의 야간 수산 시장

며 당부하셨다. 이런 광경에 처음에는 의아해했던 아내는 며칠이 지난 후 그때 어머님이 하신 행동이 이해가 간다며 고개를 끄덕였다. (책을 쓰고 있는 현재 어머니는 구순이 넘으셨고, 코로나19 상황으로 구순 잔치를 미뤘지만, 사랑하는 가족 모두와 즐거운 시간을 꼭 만들어야겠다.)

사피섬에 들어와 작은딸이 준비해 준 단체 의상으로 갈아입고 사진을 찍는 동안 나이는 들었지만, 하나같이 마음만은 소녀였다. 여행을 마무리한 어머니와 큰 누님이 비행기를 타고 한국으로 복귀하고, 다시 둘만 남게 된 우리 부부는 방 하나짜리 조그만 숙소로 가서 휴식 시간을 가졌다.

*골프 수업으로 여유를

여유를 갖고 운동을 즐기고 싶어 골프 레슨을 알아보았다. 숙소 근처에 수트라하버 골프 & 리조트(Sutera Harbour Golf Club)가 있어서 문의해 보니 정해진 시간에 오면 가능하다고 했다. 여행자 신분임을 말하니 골프 장비와 신발을 대여해 주었다. 연습장을 이용하며 레슨 받기를 원했다. 그러자 골프공 1박스는 반값으로 해준다고 했다. 스코틀랜드 BPGA 출

수트라 하버 골프 & 리조트(Sutera Harbour Golf Club)

신의 키 185cm를 자랑하는 장신 코치가 배정되었다. 서른 살 남짓 되어 보였고, 말레이시아에 온 지는 3년 정도 되었다고 했다.

"왜, 코타키나발루로 왔습니까?"

라고 물어보니 고향인 마냥의 추운 날씨가 싫어서 따뜻한 나라를 찾아왔지만, 현재는 휴양을 떠나 따뜻한 날씨와 사람들이 좋아 정착해 살고 있

다고 했다. 레슨으로 친해진 코치는 나에게 사진을 한 장 보여 줬는데, 하얀 설원에서 골프를 치는 자신의 삼촌 모습이 라고 했다.

수트라하버 골프연습장

말레이시아 사람들은 눈을 구경할 일이 없기에 다들 신기해했는데, 아마 코치는 우리나라의 겨울을 잘 모르는 듯했다. 한국은 사계절이 존재하고, 아마추어 골프 팬들은 눈이 몰아치는 겨울에도 종종 골프를 즐긴다고 설명해 주었다. 이어서 우리 부부의 에든버러를 여행한 이야기를 했는데, 에든버러 고성과 철도역 광장에서 마신 맥주 이야기, 칼튼 힐에 올라 먼바다를 구경한 이야기들을 하며 어느새 코치와 친해졌다. 꼭 한 번 다시 찾고 싶은 나라라고 이야기 하고 나서 그날의 레슨이 마무리되었다.

눈 내리는 속의 골프 라운딩과 코치의 고향 스코틀랜드의 이야기를 공유하는 동안 나이를 떠나 허물없이 친근함을 느낄 수 있었다.

숙소로 돌아와 저녁 식사를 하고 평화의 땅이라 불리는 동남아시아 보르네오섬의 북서 연안에 있는 브루나이(Brunei)를 여행하는 일정을 준비했다. 지역 교민 사이트를 들어가 보니 유람선, 스쿠버 다이빙, 키나발루산(Gunung Kinabalu)에 대한 안내와 가이드가 잘 소개되어 있었다. 가이드, 숙소, 그리고 비행기표 등을 예약하며 브루나이 여행의 준비를 마쳤다.

* 갑작스러운 부상

인생은 예기치 못한 일이 있으므로 리듬이 생긴다. 즐거운 일도, 아픈일도 하나의 음표가 된다. 그래서 인생을 생동감 있게 만든다. 인생은 직선이 아니라 곡선이다. 올라가기도 하고 내려가기도 한다. 특히 여행에서 예기치 않은 일은 두고두고 잊지 못할 추억이 된다.

문제가 발생했다. 늦은 저녁 골프 레슨을 마치고 숙소로 복귀하는데, 비가 부슬부슬 내렸고 계단을 내려오다 빗물에 넘어져 무릎에 외상을 입었다. 자가 응급처치 후 병원으로 이동해 사진을 찍어보니 '분쇄상 슬개골 골절'이다. 담당 주치의가 뒤늦게 도착하여 슬개골 하방 부위의 분쇄

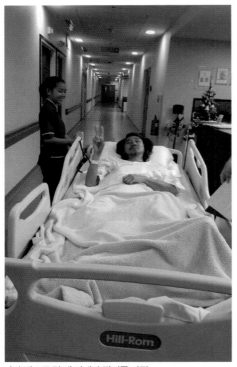

수술방으로 갈 때 아내가 찍어준 사진

상이 심하니 골절편을 제거하고 슬개건을 경골근 부위에 고정하는 수술을 하자고 했다. 정형외과 의사인 나는 다른 것은 몰라도 이런 부상에는 전문적인 지식과 경험을 가지고 있다. 부분 절제술(Partial Patellectomy)을 시행하면 역학적으로 슬개건 Power가 20~30% 감소되는 것을 알기에 될 수 있으면 살려서 유합되도록 하자고 했다.

하루를 고민했다. 한국으로 돌아가 우리의 원칙대로 수술할지, 아니면 이곳 병원에서 그냥 수술할지 두 갈래길에 서게 됐다.

다음 날 척추 마취를 하고 의식이 있는 상태에서 분쇄 정도를 보고 수술 방향을 정하기로 했다. 내가 찾아간 병원은 '글렌 이글스 병원(Gleneagles Hospital)'이라는 곳인데, 규모가 큰 사립 종합병원으로 많은 지점(Branch)을 보유한 병원이었다. 말레이시아 시립, 주립병원은 사회주의 개념이라 입원 및 수술 비용이 저렴한 대신에 대기로 인한 시간이 많이 소요되며, 환자들로 붐벼 다소 열악한 상황이었다. 빠르게 의사를 만나 진료를 보는 것 또한 쉽지 않았다. 그렇지만 글랜 이글스 사립 병원은 싱가포르와 중동 등에 브랜치 병원이 있으며, 시설이 깔끔했고 직원 모두가 친절한 곳이었다.

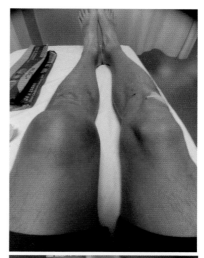

세계 일주 항공권은 22만 마일(mile)을 예약하고 여행 중이기에 지금 일정을 변경하면 깁스를 한 채로 세계 일주 일정을 중단하고 인천으로 복귀는 가능하다. 즉, 모든 일정을 마무리해야 한다는 뜻이다. 큰 갈림길에 서게 되었다.

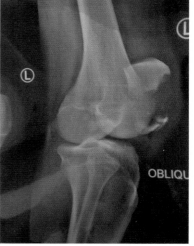

수술 스케줄을 잡기 위해 담당 주치의를 만나 수술에 관한 자세한 이야기를 나누었다. 나는 주치의가 말한 수술 방식은 한 번도 해본 적이 없다고 설명하고, 고정을 오래 하더라도 절제술을 피했으면 한다는 의견을 건넸다. 그리고 개방 후 분쇄상 골절편이 심하다 판단되면 주치의가 판단한 방법으로 수술을 진행하고, 살릴 수 있다면 나의 수술 방식을 택하기로 했다.

의식이 있는 척추 마취 후 수술을 무사히 마쳤다. 내가 판단했던 것과 같이 분쇄골절을 살려서 슬개골 도수정복 및 K-강선 고정술을 시행했다. 무통 마취를 했음에도 통증은 심했다.

수술 후 일주일이 지났는데도 부종과 열감, 그리고 감염 증상이 있어 2차 수술을 하자고 요구했다. 그래서 변연절제술과 창상세척술을 시술하기로 했다. 무릎이 바닥과 부딪쳐 생긴 창상을 무시하고 수술을 진행한 것이 2차 감염을 유발한 듯했다. 무사히 모든 수술을 마치고

수술받은 코타 글렌이글스 병원

창상의 치유가 어느 정도 진행되었는데, 병원 총무과에서 연락이 왔다. 보증금(Deposit)을 계산하라는 통보에 출국 전 여행자 보험에 가입한 보험사에 전화를 걸었다. 다행히 많은 부분에서 치료 및 입원을 할 수 있었고, 보험사가 직접 병원에 수납하겠다는 답변이 왔다.

최근 젊은 여행자들은 세계 일주의 비용 절감을 위해 가끔 보험을 생략하는 경우가 있다. 여행 중 사고로 인한 보통의 수술비용이 2,000만 원 정도 나오니 실로 엄청난 비용이 발생한다. 다소 지출이 있더라도 보장내용

병실 생활 음식이 지겨워서 주로 외부에서 아내가 음식을 사옴

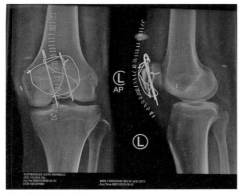

수술 후 방사선 사진

이 풍부한 여행자 보험의 가입을 적극적으로 추천한다. 어떠한 사고가 발생할지 모를 일이고, 안전하고 즐거운 여행을 위해서 보험 가입은 필수 요건이다. 외국인 신분이기에 모든 치료가 비보험으로 발생하는데, 보험에 가입하지 않았다면 아마 엄청난 부담으로 돌아올 수밖에 없었을 것이다.

의료보험 체계가 없는 개인 사보험으로 운영되는 병원이라 그런지 시설이 깨끗하고 환자에 대해 상당히 친절했다. 중증 환자 케어가 가능한 수준으로 다양한 진료과에 과별 전문의가 한두 명씩 진료가 가능했다. 그러나 종합병원이라고 하지만, 규모는 우리나라의 준종합병원 정도였다. 물리치료를 받을 때나 X-ray를 촬영하러 갈 때 직원이 휠체어를 가지고 와서 꼼꼼히 챙겨 주었다. 여러모로 편안함을 느낄 수 있었다. 진료의 질이나 병원의 규모는 우리나라

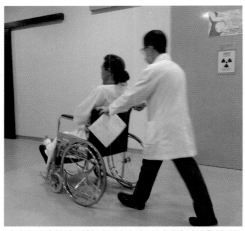

방사선 사진 촬영, 재활 치료실에 갈 때 직원이 직접 휠체어를 밀어줌

종합병원과 견줄 수는 없지만, 말레이시아 자국민들은 부유층을 제외하고는 이용이 어렵다고 했다.

약 3주간에 2번의 수술과 물리치료, 그리고 재활 과정을 겪으면서 많은 생각을 하게 되었다. 한국에서 진료를 볼 때 수술 입원 환자들에게 늘 하던 말이 있다.

"안 다치면 좋았을 테지만, 일단 생명에는 지장이 없고 수술도
잘 되었으니 바쁜 인생에서 조금 쉬어간다고 생각하며 편히
지내세요. 그리고 업무나 일을 잠시 잊고 살아온 길을 한번
되돌아보고, 책도 많이 읽어 보세요."

입원한 환자에게 했던 이야기였지만, 나에게도 3주간의 시간이 의미

있게 다가왔다. 인생을 한번 되돌아보는 계기가 되었고, 앞으로 펼쳐질 미래에 관한 생각에 잠기는 시간도 되었다. 무엇보다 아내에게 참 감사했다. 힘들었지만 내색 한번 없이 옆에서 보호자 역할을 하며 간호를 한 아내는 거동이 불편한 나의 손과 발이 되어주었다.

수술 후 샤워를 할 때나 밥을 먹을 때, 특히 등이 가려웠을 때도 언제나 든든히 내 곁에 있어 주었다. 갑자기 오십 발가락이 여기 머물렀던 시간도 떠 올랐고, 아내의 지극 정성에 가족의 소중함과 고마움이 절실히 느껴졌다.

입원하고 안정기에 접어들자 조금 무료할 것 같은 아내에게 운동도 할 겸 골프 레슨을 받아보라고 제안했다. 마침 내가 가입했던 리조트에 문의하고 담당했던 코치(크리스)와 통화하니 나를 대신해서 아내를 코치하겠다고 전해 왔다.

퇴원할 때, 친절했던 병동 직원들

이틀에 한 번씩 레슨을 받으러 갔고, 돌아오는 길에 항상 간식을 사 왔다. 다른 병실 입원 환자들과 음식을 나눠 먹으며 편안한 시간을 보냈다. 간호사들은 우리 부부가 한국에서 왔다고 하니 많은 부분이 궁금한지 질문이 많았다. K-Pop이나 한국 드라마를 굉장히 좋아하고 심지어 내가 잘 알지 못하는 프로그램까지 이야기하며 질문을 이어갔다. 확실히 우리나라의 문화가 세계 곳곳에 퍼져 있는 것 같았다.

퇴원하는 날 외래 진료실에서 고마웠다고 인사

아내는 지난번 혼자만 포기했던 스쿠버 다이빙이 못내 아쉬웠던지 다시 이야기를 꺼냈다. 재도전 하겠다며 당찬 의지를 보였다. 도움을 주었던 스쿠버 팀에게 연락해서 일정을 잡았다. 며칠 동안 제설린의 항구에 깃발이 걸려 있다고 하는데, 이는 풍랑이 심하여 배가 출항할 수 없음을 의미한다고 했다.

그러던 어느 날 하늘이 맑고 날씨가 좋아 스쿠버에 도전할 수 있었다. 함께한 젊은 아주머니가 퍼런 입술로 바닥에 누워 힘들어했음에도 본인은 20m까지 하강했다며 2시간가량 자랑을 늘어놓았다. 내가 입원한 동안 간호를 병행하며 골프 레슨과 스쿠버에 다시 도전한 아내가 자랑스럽고 멋있었다.

퇴원 후 주치의 나흘란과 함께

"나에게는 없어서는 안 되는 당신, 마님. 고마워요.

　그리고 사랑합니다."

　퇴원을 하루 앞두고 주치의와 레스토랑에 들러 식사를 함께했다. 병원
의 시스템과 진료에 있어 크고 작은 일을 주제로 많은 대화를 나누었다.
주치의는 스코틀랜드에서 1년간 연수를 마치고 이 병원에 왔으며, 생활이
나 급여에 만족한다고 했다.

　엎어질 때 쉬어가라는 말이 있다. 음악에 쉼표가 있듯이 인생에도 쉼
표가 필요하다. 일상을 벗어나 세계여행을 떠난 것은 큰 쉼표에 해당하
며, 다쳐서 병원에 있는 시간은 작은 쉼표에 해당한다. 입원하는 동안 인

생을 돌이켜볼 수 있었으며, 아내에게 감사하며 가족의 소중함도 느낄 수 있었다.

인생은 예기치 못한 일을 만나기에, 리듬을 가진다. 당장은 그것이 고통일 수도 있겠지만, 회복되거나 해결이 되면 더 좋은 방향으로 나아가게 된다. 문제없이 살아가는 사람은 없다. 그 문제를 잘 해결하면 그 지점은 새롭게 출발하는 시작점이 된다. 한 번뿐인 인생, 누구는 가치 있는 삶을 살고 누구는 힘들게 살다 죽는다. 그 차이가 예기치 못한 문제를 만났을 때 어떻게 대처하느냐에 따라 결정된다고 생각했다.

부상을 당해 힘들었지만, 난 새롭게 여행을 시작하는 계기로 활용했다. 부상은 여행의 변곡점이 되었다. 그것은 어쩌면 내 인생의 변곡점일지도 모른다.

* 목발 짚고 브루나이행

부상이 완치되지는 않았지만, 목발을 짚고 보행이 가능할 정도로 회복이 되었다. 슬관절골절상을 입었을 당시에 여행을 중단하고 양질의 수술을 받기 위해 한국으로의 귀국을 생각했다. 그러나 로버트 프로스트의 시 〈가지 않은 길〉을 떠올리며 나선 세계 여행의 길을 계속 진행하기로 했다. 우리네 인생은 두갈래 길에서 순간의 결정을 해야 할 시점을 여러번 겪는다. 게오르규의 〈25시〉라는 책은 타인의 욕심으로 인해 주인공의 인생 시간이 많은 부분 바뀌며 힘들었던 여정을 그리고 있다. 프로스트의 시(피

브루나이 왕국의 왕궁

천득님의 가지않은 길)는 두갈래 길에서 본인의 의지에 의해 선택한 길과
달리 다른 갈래길을 가지 않았다는 아쉬움과 후회를 표현하고 있다.

　나는 의학을 공부하면서 심장에서 나온 혈류는 두갈래 길에서 대동맥-
동맥-소동맥-모세혈관 실핏줄을 통과하며 역으로 다시 순환하여 심장으
로 되돌아온다는 것을 배웠다. 베이비부머로서 볼 때 우리는 인생을 살면
서 자기 주관이나 생각이 갈래길에서 하나의 선택을 해야하는 순간이 있
다. 어느 곳을 향해 가고 있다면 가지않은 길을 아쉬워 말고 본인이 선택
한 하나의 갈래길을 심사숙고하여 최선을 다해 진행해보는 것을 MZ세대
에게 권유하고 싶다. 그래서 결국 서울을 선택하지 않고 글랜이글스 병원
에서 수술을 시행하고 여행을 이어가기로 결정했다.

　목발을 짚고 그동안 미뤘던 브루나이행 비행기에 몸을 실었다. 브루나이 국제공항(Brunei International Airport)에 도착과 동시에 숙소를 예약하고 SNS로 만난 현지 한국 교민을 통해 여행을 안내해 줄 가이드를 부탁했다.

　가이드의 안내에 따라 조그만 보트를 타고 열대 우림 지대로 들어갔는데, 긴코원숭이와 크로커다일이 우리를 반겼다. 우리나라에서는 볼 수 없는 다양한 동식물을 보는 재미가 있었다. 조금 시간이 지났을까, 가이드는 우리에게 수상 가옥을 볼 거냐고 물었다. 보트를 운전하는 드라이버가 고개를 끄덕이며 추천한다는 눈빛을 보냈다. 뱃머리를 돌려 캄퐁 아에르(Kampong Ayer)로 향했다.

　우리를 마주한 수상 마을은 공사가 한창이었다. 한쪽에는 낡고 허름해

우리나라가 건설한 교량

수상가옥을 떠날때 사진

진 가옥을 철거하느라 바빠 보였고, 다른 한쪽은 새로운 보금자리를 만드느라 굵은 땀방울을 흘리고 있었다. 새로 짓고 있는 가옥은 장기 임대 주택 형태로 분양한다고 했다. 실제 집안은 어떤지 볼 수 있는 기회가 있어, 들어가니 삼대가 함께 살고 있었다. 다소의 흔들림이 느껴졌고, 거실과 방들이 있었으며, 한쪽에 부엌도 자리하고 있었다. 거실 벽면에는 집안 어른들로 보이는 분들의 사진이 즐비했고, 사진 속 주인공의 표정은 하나같이 행복해 보였다. 튀긴 음식과 전통차를 내왔는데, 순박하며 친절함이 느껴졌다. 수상 가옥 안에서 두런두런 차를 마시던 우리는 다시없을 좋은 경험을 뒤로하고 마을을 빠져나왔다.

이슬람 국가로 인구 대부분이 무슬림인 브루나이는 술을 팔지도, 마시지도 못하는 나라인데, 가이드 말로는 한국 관광객들은 숙소에서 몰래 마신다고 이야기해 주었다. 거리의 분위기나 그곳 주민들은 싱가포르와 비슷한 정도로 느껴졌지만, 히잡을 착용해서 그런지 다소 차분하고 조용한 것이 특징이었다.

브루나이 여행을 마치고 다시 코타키나발루로 복귀했다.

수상 가옥에서 차려준 간식, 아이에게는 용돈과 간단한 선물을 전해 줌

임시 숙소를 정한 후 BPGA 프로 출신의 크리스를 저녁 식사에 초대하여 그동안의 안부를 나누었다. 다음 휴가 올 때 정식 레슨을 이야기하고 아쉬운 이별을 했다. 그

우리를 레슨해준 크리스와 함께

후 다음 여정인 호주와 뉴질랜드로 여행을 이어가기 위해 코타키나발루에서 쿠알라룸푸르로 가기 위해 공항을 찾았다.

마│치│는│글

　우리네 인생은 지구란 별에 태어나 살아가고 있다. 인간이 알고 있는 우주의 별 중에서 아직 지구처럼 아름다운 별은 찾지 못했다. 살아오면서 세계 곳곳의 자연의 아름다움에 대해 들었고 텔레비전을 통해 보았다. 세계 곳곳에 사는 사람들의 이야기를 들었으며, 각 나라의 역사에 대해 공부했다. 철학에 대해, 미술에 대해, 문학에 대해 여러 경로를 통해 접했다.

　이런 것들은 삶에 매우 유익했다. 하지만 그런 것들은 대부분 직접 경험이 아닌 간접 경험이다. 경험에는 직접 경험과 간접 경험이 있다. 간접 경험도 유익하지만, 직접 경험은 어떤 측면에서는 간접 경험과는 비할 바 없는 가치가 있다.

　'백문이 불여일견' 이라는 말이 있듯이 백 번 듣는 것보다 한 번 보는 것이 더 가치 있는 일이다. 그 말에 덧붙여 '백견이불여일행' 이라는 말을 하고 싶다. 백번 보는 것보다 한 번 경험하는

그동안 책 쓰는 작업을 하면서 남겨진 부산물들

것이 더 가치가 있다는 의미다. 직접 경험한다는 것은 단지 눈으로 보는 것만을 의미하지는 않는다. 여행이라는 직접 경험은 그곳의 공기로 숨 쉬고 피부로 바람을 느끼며 감각의 촉수를 상쾌하게 만드는 일이다. 그곳에 사는 사람과 대화를 나누며 생활을 엿봄으로 가슴에 새로운 감성의 세포를 만드는 일이다. 그곳에서 일어난 역사와 문화를 체험함으로써 말로만 들은 것을 직접 접하게 되므로 머릿속에 새로운 공감을 새기는 일이다.

몇 번을 동료들과 이야기를 하지만, 지금까지 여행의 발자취는 지구의 천만분의 일도 못 느끼고 지나온 여정이다. 하지만 세계여행을 하기란 쉽지 않다. 경비도 경비려니와 하던 일을 멈추어야 하는 등, 여러 가지 면에서 쉽지만은 않았다. 세계여행을 하기 전 사전에 계획을 철저히 세우고 많은 준비를 했다. 그랬기에 지구촌 여행을 할 수 있었다. 분명 나에게나 아내에게나 인생의 한 전환점이 되었다. 세계여행을 떠나기 전 작성한 버킷리스트 항목 중에서 이룬 것도 있고, 이루지 못한 것도 있다. 이루지 못한 것은 다음의 여행을 위해 남겨두었다. 그래야 또다시 여행을 떠날 명분이 생기게 되는 것이다.

이 책에는 2017년 6월 19일부터 약 7개월간의 여행 기록이 담겨 있다. 2차 여행을 계획하

거실에 10여 년에 걸쳐 모아둔 마그네틱 기념물

고 호주와 뉴질랜드를 다녀온 후 주변의 일과 진료실 업무 등 바쁜 일정을 소화하며 한국에서의 생활에 적응이 되어가던 중 코로나19의 발현으로 전 세계 하늘길이 막혔다. 이렇게 오래 닫힐 줄은 그 누구도 생각하지 못했다. 세계 경제 및 사회상이 안정되면 나머지 북유럽, 아프리가, 일본, 러시아와 아시아 등을 여행할 계획이다. 그리고 2차 여행을 마무리하고 또한 번 책으로 엮을 것이다. 지면을 빌어 물심양면으로 도와준 천기훈 과장과 많은 조언해 준 윤창영 작가에도 심심한 감사의 마음을 적어본다. '감사합니다.'

여행이란 인생을 더욱더 가치 있게 만들어 준다. 여정을 소화하며 이국적인 풍경을 바라보고, 다른 여행자와 만나 대화를 나누고, 여행지를 관찰하고 체험하기도 하며, 여행지의 역사와 문화에 심취하기도 한다. 그 모든 게 가치 있는 행위이다. 그리고 그런 가치를 한 단계 더 높여 주는 일이 기록하여 책으로 만드는 것이란 생각에 이 책을 썼다.

핸드폰 비탕 배경 화면에 있는 기억에 남는 사진

이 책은 나의 일상에서 활용될 것이며, 늘 나 자신을 개척해 가는 자세를 가지게 할 것이다. 그리고 이 책을 읽는 독자도 국내든, 세계여행이든 떠나보기를 권한다. 그래야 늘 자신을 개척해 나가는 삶의 자세를 갖게 될 것이다. 그런 인생이야말로 최고의 가치를 지닌 인생을 사는 것이 아닐까?

- 2022년 8월

30년차 부부가 떠난 세계여행 이야기

아내와 함께 하는
지구촌 산책

초판인쇄	2022년 09월 01일
초판발행	2022년 09월 06일

지은이	이지선 외 9인
발행인	조현수
펴낸곳	도서출판 프로방스
마케팅	최관호·최문섭
IT 마케팅	조용재
교정·교열	강상희
디자인 디렉터	한태윤 HANDesign

ADD	경기도 고양시 일산동구 장백로 8 (백석동)
	넥스빌오피스텔 704호

전화	031-925-5366~7
팩스	031-925-5368
이메일	provence70@naver.com

등록번호	제2015-000135호
등록	2015년 06월 18일

정가 17,800원
ISBN 979-11-6480-238-8 03810